津田梅子

大庭みな子

朝日文庫

本書は一九九三年六月、朝日新聞社より刊行されたものです。

目次

津田梅子

第一章　帰る

一八八二年十一月十九日　日曜日

もうあと一日です。到着は目の前です。私の肉親——家族はいったいどんな人たちなのかしら。あの人たちに会う前に書く手紙は、これが最後です。今日の午後から計算して、あと二百四十六マイルしかありません。何かへんなことが起こらない限り、二十四時間以内に着きます。

到着は昼間ですから、願っていた通り、船が東京湾に入る景色、近づいてくる日本の土、富士山が見えるはずです。今日の天気は素晴らしく、きらめく青空と静かな池のような深く青い海、冷たい空気に身のひきしまるような気分です。

今まで太平洋の荒波の連日でしたが、こんな日がもっとあれば、旅はどんなにか素敵だったでしょうに。

目を閉じて、ああこんな日がほんとうにやってくるなんて、こんなことが今までにあったかしらと、明日のことを想像しています。繁《しげ》に会うことなど考えると、すっかり興奮してしまって、一度にいろんなことが波のようにどっと襲ってきます。

そう、旅は終わりなんです。何とはるばるやって来たことか。捨松《すてまつ》と私はけさ目が醒《さ》めて言いました。

「もうあと一日きりよ。たった二十四時間で着くのよ」

興奮して自分をコントロールできず、次の瞬間、不安に襲われるんです。ああ、母国の言葉がしゃべれさえしたら、日本語に不安がなければ、もっとずっと落ちついていられるでしょうに。

あんなに夢みていたものが、あれこれ想像していたことが、今、目の前にやってくる。船に乗ったときは、三週間は遠いはるかなことに思えましたのに。ゆっくりとやって来て、そして過ぎていったその時間。そして今近づいてくるもの。興奮のあまりビートみたいに真っ赤になっている私の顔をご想像下さい。

明日、私の人生の新しいページがめくられます。どうか、素晴らしいものでありますように！


一八八二年（明治十五年）十一月十九日、サンフランシスコ出航の船、アラビック号が横浜港に入る直前の船室でしたためた津田梅子の手紙である。

梅子はその十一年前、一八七一年（明治四年）、明治政府、北海道開拓使がアメリカに送った五人の女子留学生の一人だった。文中、繁、捨松とあるのは、同じ留学生、永井繁子と山川捨松のことで、繁は一年前に帰国、アラビック号で一緒に帰国したのは山川捨松、後の大山巌《いわお》夫人だけだった。他の二人は留学後間もなく、健康がすぐれず帰国し、留学生活を全うすることができなかったのは、留学当時すでに十五歳で異国になじめなかったということもあるのだろう。津田梅子は五人の中で最年少、当時わずか満六歳であった。十一年間かの地で過ごし、間もなく満十八歳になろうとしていた。梅子は一八六四年（元治元年）十二月三十一日（旧暦十二月三日）の生まれであるから帰国して間もなく満十八歳の誕生日を迎えたことになる。

梅子は十一年間アメリカでその家庭に寄宿し、実の娘同様に愛されたチャールズ・ランマン夫人アデリン宛に、ほとんど日記同様の手紙を、出立以来書きつづけた。ランマン氏はワシントン市ジョージタウンの自宅からシカゴまで津田梅子と山川捨松を送り、そのあとは丁度日本に帰るところの京都同志社デイヴィス教授に二人を託した。

梅子はランマン夫人と別れて以来、東部から西部へのアメリカ国内の旅の間の車中、サンフランシスコから横浜までの船内でもずっと手紙を書きつづけている。

それから四日後。

十一月二十三日

みんなとても親切で思いやりがあります。神に感謝します。何はともあれ、クリスチャンの家に帰って来られたのは嬉しいことです。食事の前には感謝のお祈りをし、朝食の後には日本語で聖書を読み、讃美歌を歌い、お祈りします。クリスチャンでない家族を持つ人より、私は何と運がいいのでしょう。

横浜から東京に着くと、私の家からは十一人が迎えに出てくれ、歓《よろこ》んでくれました。家には親戚の者たちがたくさん集まっていましたし、到着以来、連日いろんな人たちがやって来て、お菓子だの魚だの柿などプレゼントを持って、帰国を祝ってくれました。その人たちに会うのでとても忙しく、時間がほとんどなく、ベッドに入って、家中が寝鎮《しず》まってからでないと、書くひまがありません。

私の帰国を祝う手紙もたくさん父が受けとりましたし、母は日本の古い風習でお赤飯を炊いて祝ってくれました。私の帰国がどんな大事件かおわかりでしょう。

私たち日本人がどんなにすんなり日本のやり方になじんでしまうか、びっくりなさるかもしれませんが、私は今じゃみんなに頭を下げて挨拶しますし、床に坐って話すんですよ。もっとも洋室に椅子のある部屋もありますけれど。食事のときは床ではなくてテーブルについて食べます。

日本の食事はとても美味《おい》しくて水に戻った魚みたいな気分です。でも、みんなは私が馴れない食事で病気にならないように、私のためにパンだの何か洋風の食べものを用意してくれます。紅茶にはミルクとお砂糖、パンにはバターをと言ってくれますけれど、私はそんなことをわざわざして貰わないようにしています。何でも食べますし、昔の味が甦《よみがえ》って来て、きわめて自然なんです。あんなに大昔のことですのに、何と不思議なことでしょう。

厄介なのは靴を脱ぐ習慣です。姉の琴がソックスを編んでくれて、それを履いていますが、あまり履き心地はよくありません。どこかへ行くたびに、ボタンをかけたりはずしたりはやりきれませんが、これは絶対そうしなきゃならないんです。だって靴の踵《かかと》は畳をだめにしますし、木の床を傷つけてしまいますから。これには床に坐ることと同様慣れなければなりません。まだ行儀よくは坐れませんが、みんな無理しなくてよいと言ってくれます。

家は田舎（麻布）にあって喜んでいます。大きな家ではなく、私の部屋は二階にあり、天気のよい日には富士山が見えます。まわりには畠があり、野菜には不自由しません。父がベッドを用意してくれていて、リネンも敷いてありますし、日本風な掛布団をかけています。とても軽くて、アメリカのより暖かです。テーブルと仮ごしらえの洗面台もあります。父は家具のことも考えてくれてはいますが、忙しくて間に合いません。トランクの中のものはぐしゃぐしゃになっていて、どこかに置き場が欲しいのですが、ひとつひとつ順を追って片付けなければ。みんな、それでなくても私のために余分の仕事をすることが多いのですから、これ以上頼むわけにはいきません。

何と小さな子供たちが、弟妹が、いっぱいいるんでしょう。みなとても可愛くて、子供たちから日本語が習えそうです。

……………

一夜、繁の家で過ごしました。とても立派な家で、純日本式のものです。でも、彼女の部屋はとても素敵にととのえられたアメリカ風のもので、捨松も一緒でしたから、ベッドに入ってから、長々とおしゃべりしました。捨松と繁は私に日本の着物を着せてくれましたが、きっと滑稽ななりだったと思います。それから日本のお風呂にも入りました。あなた方にはへんなものだと思いますけれど、とても清潔で気持ちのよいものですよ。

繁がいろいろ教えてくれますので大助かりです。姉の琴も助けてくれますが日本のエチケットはうるさくて、私はいつも自分がへんなことをしはしまいか、そのつもりでなくても不作法なことをするのではないか心配です。たとえば、食事のときは、一粒も御飯を茶碗の中に残してはいけないとか、アメリカとは全く違います。

日本に帰国した日本人がアメリカに手紙を書くのがどんなに大変かよくわかります。することが多くて書く時間がありません。日本人は時間を尊重しないし、決して急ぎません。急いでしようともしないし、何をやるにも時間がかかります。
　息が止まるほどびっくりしたことがあります。繁が十二月に結婚するのですって。このこの手紙を載せた船が出るときには、彼女は瓜生《うりゆう》夫人になっているでしょう。このことでは捨松とはよく話し合っていましたが、まさか夢にも思わなかったことです。あまりに急な話です。瓜生氏は来年洋行するそうで、その少し前に結婚することに二人で決めたのですって。結婚式は彼女の家で行われ、日本人の牧師さんが日本語で聖書を読む洋式のものにするんだそうです。……直《す》ぐ所帯を持って生活は半分洋式に暮らすとのことです。ね、びっくりするでしょう。捨松も私も繁の結婚を希《のぞ》んではいませんけど、仕方ありません。何を贈りものにしようかと悩んでいます。

……………

　船の中ではオフィサーがみんな私がチビだってからかいましたが、日本では私は小さくないんですよ。オフィサーたちは小さな日本人のことをよく言ってましたけど。ここでは私は自分が大きいみたいに感じます。アメリカで私を知っている繁や、その他何人かの人は私は背が伸びたと言います。琴は私とほとんど同じくらいだし、母は一インチ（二・五センチ）ほど私たちより高いくらい。私は繁に追いつきそうです。捨松は日本では背が高すぎます。何て小さな人たちの多い国なんでしょう。

……………

この国のことについて意見が言えるほどまだ充分に見ていません。いろいろ昔のことを思い出そうとはしていますが、まだ自然な感じはありません。夢を見ているようで、目が醒めてアメリカにいてもあたり前という感じ。いつも住んでいる国というのではなく、ただ訪問中の国という気分なんです。

私のことはどうぞ心配なさらないでね。こんな幸せな家にいて、親切な友人に囲まれていれば、たとえいろいろ馴れるに大変で、奇妙な感じや寂しいことがあっても、祝福されているのですもの。それに、たくさんの友人が会いに来てくれて、だんだんもっと気心も知れてくれれば、ここが私の本当の家で、アメリカはその準備のための場所だったと思うようになるでしょう。早くしゃべれるようになり、仕事を始められればばいいと思います。言葉はすぐできるようになると思います。覚えた言葉はなるべく直ぐ使うようにして、常に耳をしっかり立てて、一日も早く言葉をものにしなければ。琴が通訳してくれますし、慣用句など教えてくれ、日本語は易しいと言っています。

ああ、でも私は繁のように英語を忘れたくはありません。繁はときどきもう英語の表現につまってしまって、あまりよく使わないような言葉は忘れてしまったんですって。私は読んだり書いたり話したり、忘れないようにしなければ。

…………

誰か家に来ると、お茶やお菓子やミカンを出し、お客さまが上がれば私たちもいただくので、いつも欲しくなくても無理して飲んだり食べたりしてしまうことになります。

明日はいろいろ帰国のお祝いをしていただいたお礼に魚とか果物なんかを持って、あちこち訪問しなければならないと琴が言います。全く厄介なことですが、こういう習慣はなかなか変えられないものなのでしょう。

…………

アメリカでの十年の生活を身につけた私ですが、日本式のやり方は私にとって本当のアメリカ人が感じる困難さの半分もないと思います。人びとが考えている以上に私たち（彼女は常に We という言葉を使う。捨松や繁と共に自分たちの身分を意識しているのか）は他人が思っている以上に日本人なのです。いつの日かまたアメリカに戻るときは、アメリカのやり方に合わせるのが難しくなっているかもしれません。

…………

私のもっているものはみんな珍しがられ、洋服から帽子からリボンから何から何まで、毎日ファッションショーといったところです。ヘアピンまで珍しがられたのであげてしまいました。……アメリカで日本のことがみんな好奇の目で見られたように、ここではアメリカのことが全て好奇の目で見られます。一つの国から別の国に僅かな時間でやって来た私には、妙なことに思えます。

……新しい環境に慣れるためには多少時間がかかる移植された木と同じで、しばらくは違和感がなくなりません。何とまあ違った土に植えかえられたものやら。アメリカのやり方をどれだけキープすべきか、どれだけ昔に戻るべきかが問題です。どうしたら日本の女性のために役に立つか、どこから始めたらよいのか、全く道は暗くておぼつかないのです。どうか私のために、この困難な道を、私が迷わずに行けるように、神が導いて下さるように、お祈りして下さい。

百年前の日本人が、そこに立ったり坐ったりし、それらのほんのちょっとした仕草が現在の日本人の立ち居振る舞いにつながっている。海外からの帰国子女が日本中に溢れている今日、百年の激動の奥に流れている不変のものがむしろまざまざと見えてくる。

わたしは二十年ほど前、日本人が戦後という言葉から漸く脱け出そうとする頃、日本を出て、十一年のアメリカ滞在の後、高度成長のさ中にある日本に帰って来たときのことを梅子の手紙に重ねて思い浮かべている。

軽蔑と好奇心の混ざり合ったじろじろとした眼で頭のてっぺんから爪先まで眺められ、何か言ったりしたりすれば、アメリカにいた人だから仕方がない、といった顔付きで、相手が妙な含み笑いをしたときのことなどを。

父は先日、私のために費やされたお金の話をしました。その額は、日本で一家が豊かな暮らしをするに充分なほどのもので、それを国が出したのだと言いました。だから私は一生懸命国のために働いて、義務を果たさなければなりません。捨松も私も、いつかアメリカに帰ることが簡単にできるとしても、私たちは、その義務を果たすためには、日本にいて、母国のために尽くさなければなりません。もちろん、この義務が、私の将来のアメリカ訪問を妨げるものではありませんから、その日を夢みています。

女子留学生たちは政府から一カ年千ドルの学費に加えて、充分な旅費を給与されていた。当時一ドルは一円から二円の間を高下していたように思われる。参考までに、明治十三年の日雇い労働者の賃金は日給二十一銭。明治十九年の小学校教員初任給、月額五円。明治二十七年、公務員月俸五十円。明治十一年、府立中学授業料、年額九円。明治十二年、東京帝国大学授業料、年額十二円（週刊朝日編『値段の風俗史』による）。

明治四年から明治十五年までの年額千ドルの学費は、なるほど一家を豊かに養える額である。少女梅子のいじらしいまでの愛国心をかきたてる情況が、幼い少女を外国に送ってまで国を挙げて人を養おうとした情況が、少なくとも梅子が十一年前、日本を出立した頃の日本にはあった。

三年くらい前、多分、一九八六年の夏頃だったと思うが、朝日新聞社の河津小苗さんの来訪があった。彼女は一九八四年のある日、津田塾大学の物置で、創立者津田梅子のアデリン・ランマン宛の三十年に亘る私信がどさりと発見されたという話を始めた。

河津さんは、これらの私信が、鹿鳴館の時代に、十一年の滞米生活を終えて帰国した女子留学生の心のひだに光をあてる貴重な資料ではないかと語り、塾の卒業生であるわたしこそその資料をもとに何らかの世界を展開させるのに適しているとほのめかした。

わたしは実のところ、それより少し前、津田塾の坂上氏から、その手紙のことをちらと洩れ聞いたことがあり、その手紙の内容を塾当局がある程度整理するまでは公開をさしひかえるであろうと思っていた。だが、もし塾がそれらの手紙を公開してもよい気持ちに傾いているなら、少なくともそれらを読んでみることは作家として気持ちの昂《たか》ぶることだと思った。

わたしは今までに明治期の女性像・津田梅子について何度かごく短いものを書いたことがあり、彼女の残した文書にも幾分は目を通していたが、多くは女子英学塾（津田塾大の前身）創設者の公的な立場から書かれたものだった。

もし、それ以外の生き生きとした津田梅子がそれらの新しく発見された手紙の中にあらわれているなら、と夢み始めたのである。そんなわけで、河津さんが何度も塾に通って少しずつ出来上がるワープロで起こした手紙を運んでくれるようになると、いつの間にか、その世界に入りこんでしまったのだ。

それは、歴史書には書かれていない日本の近代、明治の内面、いや当時、そこに生きていた人びとの姿と心が綾になって織り出される、梅子という女性の肉眼を通して映し出されたセピア色のフィルム、といった趣があった。

動いているフィルムの中では生きている人間が立ったり坐ったりすると同時に、それらの風景をみつめて追いながら唇をかみしめる梅子がそこにいる。

一九八四年の二月頃、津田塾大学本館のタワーと呼ばれている三階の上に突き出た部分の屋上の両側にある物置でこれらの手紙は長い間眠っていた。古トランクからこぼれていたものを二、三枚、通りかかった学生が見つけて、塾当局に届け出た。

津田塾にとってはこれはちょっとした事件となった。これらの手紙が何故こんなところにあったかは、今となってははっきりしない。一八八二年から一九一一年に至る梅子からアデリン・ランマン宛の数百通の私信と、アデリンから梅子宛のもの百数十通といった厖大な量がどうしてこんなところに一纏《ひとまと》めになって放置されていたのか。

アデリン・ランマンは十一年間梅子を預かって一八八二年に帰国させるときも、それまでに梅子が書いた文章や、日本から受けとった手紙などをきちんと整理しておいて持たせている。そして、それらの文書類は、後年の梅子伝の貴重な資料となった。たとえば幼い梅子が書いた日本語の文章、国元の母、初子からの手紙などは吉川利一の『津田梅子伝』、山崎孝子の『津田梅子』などに引用されて、印象深い部分となっている。

だからアデリン・ランマンは恐らく、一九一四年に没する以前にこれらの手紙を何らかの形で梅子に送り返したのかもしれない。発見された手紙の最後は一九一一年で、アデリンの没年のほんの二、三年前だが、梅子は一九一三年、世界キリスト教学生会議の日本キリスト教女子青年会の代表として渡米したとき、アデリンに会っている。そして、八十七歳の高齢で、かなり身心も弱っているアデリンのために住居の手入れをしたり、親身の世話をしているが、もしかしたら、このとき、この手紙類を入手したということも考えられる。

いずれにしても、梅子の手紙と、アデリンの手紙が一緒に発見されたのは、梅子自身、あるいは、梅子に深い関心を持つ身近な誰かがアデリンと梅子のもとからこれらの手紙を何らかの形で手に入れて、纏めておいたものであろう。

その誰かとは多分、梅子の親友で塾を助けて長年塾で教鞭をとったアンナ・ハーツホンであろうと、ところどころに書きこまれていたりする短いコメントなどから想像される、と手紙の整理に当たった平田康子さんは述べている。

梅子は一九二九年に死んだが、アンナ・ハーツホンはその後も塾のために尽くし、太平洋戦争が始まる直前一九四〇年に一時帰国するつもりでアメリカに去るまで日本にいた。そして恐らく、梅子の死後、梅子の伝記を書くつもり、あるいは誰かに書かせるつもりでこれらの手紙やその他の文書を整理した形跡がある。

一九四〇年にアメリカに帰る時、それまで住んでいた塾のキャンパス内にあるアパートメントに残して行ったものが、その他のアンナ・ハーツホンの残した荷物と共に、ここに移されたのであろう。

いずれにしても、アンナ・ハーツホンは再度日本の地をふむことなく一九五七年に他界したので、これらの手紙はそのまま誰からも忘れ去られてしまったのであろう。

梅子は一九二九年に死去する以前に、これらの古い手紙類のことを思い出したかもしれない。けれど一九三〇年に吉川利一が梅子の口述を含めて、先述の幼年時代の古い手紙なども引用しながら『津田梅子伝』を纏めたとき、資料として今回発見された私信は使われてはいない。

にもかかわらず、梅子はこれらの手紙を、破棄もせずにアンナ・ハーツホンに託しておいたように思える。平田さんの話によると、梅子自身も読み返した形跡があるという。恐らく梅子は自分の死後、何らかの形で発表されてもよいと思っていたのではあるまいか。

これらの手紙には、梅子が育ての親とも言えるアデリン以外には決して言わなかった心の底からの叫びに似た痛切な訴えがある。

さて、わたしは今、津田塾大に入学した一九四九年、十八歳の春を思い出している。津田梅子が十一年の留学を終えて帰国したときと同じ年頃である。わたしは東京生まれの東京育ちだが、戦後しばらくいた母の郷里である新潟から上京して、焼け野原になった東京の前に立ちつくしていた。焼け跡の街にはバラックが建ち始めてはいたが、東京はまだ食糧難で、上越線の着く上野駅周辺には浮浪児が群がっていた。

津田塾が入学した学生の希望者を全て寮生として受け入れたのが、わたしが塾を選んだいちばん大きな理由だった。地方都市から下宿させる家も食べものもろくにない東京の焼け野原に子女を送る親はなかった。当時、全学生が四百人くらいの私塾は、九割くらい寮生だったように思う。割り当ての配給食糧でまかなうにしろ、ともかくも、寝起きできる部屋で食べさせてくれるところは滅多になかった。

小平市にある津田塾のキャンパスは今ではやや都心から離れた大東京周辺の住宅地といった感じになってしまったが、当時は人家などはまばらで、武蔵野の雑木林の中に人里離れて見えかくれするこぢんまりした学舎といった風情があった。

東京駅から中央線で国分寺まで一時間離れれば、焼け野原も林と森と並木に変わり、その国分寺から更に一時間に一本しかない私鉄に乗り継いで、「鷹の台」という名の、いかにも鷹がぼんやり高い木に止まって辺りを見渡してでもいそうな寂れた小駅で降りると、あたり一面、雑木林と桑畠で、林を歩く人影は塾生以外は見当たらなかった。というより、若い娘の姿がちらほら見えるのがこんな寂しいところに不似合いという感じだった。

寮はキャンパス内に校舎が芝生と松林越しに見える近さにあった。まわりには桜並木と、梅林と栗林と竹林があった。入寮した日は桜が満開だった。わたしはその桜の木の下に腰を下ろし、これから四年間過ごすはずの学寮生活や、その向こうにひろがっているはずの自分の人生についてぼんやり考えた。

満開の桜は青春の不安に似ていた。見上げると重なり合う花の彼方に青空があった。息苦しいまでの花の香りと、薄い花びらの傷つき易いしめった肌が、一夜のうちに散り果てるやもしれぬ明日を想わせた。わたしは、桜の木の下のひとときの昂ぶった、わけのわからない怯《おび》えを妙にはっきりと思い出し、あれこそが青春というものだったとへんな感傷にとらわれている。

その桜の木の下で、わたしは花の精ともいうべき老女に会った。今思えばせいぜい五十から六十くらいまでの間の年頃の人だったかもしれないが、十八歳の娘には老女に見えた。

その人はどうやら、塾の昔の卒業生らしく、母校を何かの用で訪ねたらしかった。その人もまた、あまりに花が見事なので、桜の木の下で花を見上げていたのだが、新入生のわたしの姿に目をとめて、問わず語りに話し始めた。

「あなた、津田先生って、カエルの卵の研究をしていらしたのよ。アメリカの大学で」

わたしは津田梅子についてそんな話を聞いたことがなかったので、きょとんとした。わたしは津田塾が昔、女子英学塾と呼ばれていて、学生たちは英語を得意とすることは知っていたので、創立者の津田梅子は多分、英文学か何かを学んでいた人であろうと漠然と思っていた。

わたしは津田梅子というこの学校の創立者についてほとんど何も知らず、自分勝手な印象で、津田塾大という小さな私塾に個人的な雰囲気があることだけが気に入っていた。だが、カエルの卵の研究者とは？　わたしはびっくりしてその人の顔をみつめた。するとその人は続けた。

「大杉栄という無政府主義者を知っているでしょう。大正時代に伊藤野枝と一緒に殺された人ですよ。大杉栄はその前に神近市子という別の愛人に三角関係だか四角関係だかのもつれで刺されたことがあるんですがね、大杉を刺した神近市子はわたしたちの同窓生でした。でも塾当局は不名誉なことでしたから、神近市子を卒業生名簿から削りました」

その人は花を見上げて深い息をついて言った。

「どうしてまあ、花は毎年咲くのかしらね。カエルも毎年生まれるしね」

その人はどちらかと言えば、ずうずう弁だった。ずうずう弁でその人は今度は有島武郎という小説家と心中した波多野秋子という人のことを話し始めた。秋子は夫のある人で、その頃（大正十二年）は姦通罪があったので、二人は愛し合ったが添い遂げられず、有島武郎の軽井沢の別荘で首を吊って死んだのだそうである。

「波多野秋子は塾の卒業生ではないけれど、塾に少しの間来ていたことがあるわ。秋子はお洒落《しやれ》することに夢中な人だったわよ。不幸だからお洒落に憂身をやつすんだって、秋子は言っていたけれど、どういうことかしらね」

その人は秋子を個人的に知っていた口ぶりだった。

「秋子が死んだとき、伊藤野枝は秋子は知的な匂いのない女だったと悪口を言っていたわ。きっと羨ましかったんじゃないかしら。でなければ、自分にあんまり似ていたのよ。伊藤野枝が大杉栄と一緒に殺されたのは、秋子と武郎が心中してからほんの何カ月かあとのことだったわ」

その人は再び花を見上げ、十八歳のわたしをじっと見つめ、感に耐えないように首を振った。

「毎年咲く花は同じなのに、毎年会う人は違う、と人は言うけれど、あなたのような若い人を見ると、人もまた花に似ている、と思うわね。人も花も同じで、毎年花を咲かせて散り、種子を蒔《ま》きます。津田先生はカエルの卵の研究をしたんですよ」

その人は言い、

「そういうことですよ」

ともう一度首を振り、桜並木の向こうを指さして、

「あそこに津田先生のお墓があります」

と教えてくれた。

わたしはその頃まだ生きていた婦人運動家、神近市子や、大正時代に変わった死に方をした人たちのことや、さっきまで寮の中ですれ違って遊ばせ言葉を連発していた上級生や、どうみてもお洒落とは言えない髪をふり乱して勉強ばかりしているらしい勤勉そうな同年配の学生やらを、幾分恐怖にかられながらも、不思議なときめきで次つぎとよぎらせ、その人の指さす津田梅子の墓の方を眺めた。

「あの頃の塾には、目醒め始めた日本の若い女たちを魅きつけるものがあったのよ。自分たちの置かれた場所について考え始めた女は、女子英学塾に行けば、何かが見えてくるのじゃないかと思った」

「今もそうでしょうか」

わたしはおずおずと訊ねた。

「さあねえ。今は、アメリカ主義者が来るんじゃない。それもまた、見つめなければならない何かかもしれないけれど」

地味な和服を着たその人は怒ったように言った。

「津田先生は、いつも和服を着ていらしたのに」

わたしはなぜこんなことをいつまでも憶えているのだろう。

つい最近、卒業生名簿を調べてみたが、神近市子の名はちゃんとあった。波多野秋子の名は会友にもなかったが、秋子が編集者をしていた中央公論社の宮田毬栄さんが提供して下さった当時の資料の中で、情死事件を伝えた大正十二年七月十日の「大阪毎日新聞」の記事に「あき子は結婚後、麴町《こうじまち》の女子英学塾に通い」とあった。

それにしても、あのとき桜の木の下で逢った人はいったい誰だったのだろう。

津田梅子は確かにアメリカ、ブリンマー女子大学で生物学を専攻し、カエルの卵に関する論文を一八九四年英国の「マイクロスコピカル・サイエンス」誌にモーガン教授と共同で発表している。T・H・モーガンは一九三三年、遺伝学の業績により、ノーベル賞を受けている。

彼は後年梅子について、その才能と人柄を称賛し、「あの優秀な頭脳は——教育者として立つために、生物学ときっぱり縁を切ったわけだ」と語った。

第二章　夢

一八八二年十一月二十七日

今日で帰国して一週間が経ちます。初めての経験ばかりの一週間ですが、とても楽しい一週間でした。

この二日間には実にいろいろなことがありました。父が黒田氏〈梅子がアメリカに留学したのは、北海道開拓使に力のあった黒田清隆の女子教育にかける夢からの発案だった。梅子ら五人の少女たちの学資は北海道開拓使から出された。文中の黒田氏とは、黒田清隆と思われるが、北海道開拓使は一八八一年〈明治十四年〉、黒田支配十年の幕を閉じていた〉に手紙を書き、いつ挨拶に伺えるかと訊いたところ、土曜ということになりました。そしてその朝、人力車で五マイルほど離れた捨松の家へ行き、同行しました。彼女は家では日本の着物を着ていましたが、洋服に着更えて行くことにしました。

黒田氏のところへは昼食後出かけました。私たちは洋室で引見され、父が通訳してくれました。立派な軍人のような人柄の黒田氏に、日本的な表現で、私たちの受けた教育についていろいろ賞め言葉を並べられ、戸惑ってしまいました。とにかく、私たちは今までのことについて感謝の言葉を述べました。

そのあと、盲目の音楽家の琴と三味線の音楽でもてなされましたが、その人たちは東京で一番の芸人ということです。いろいろ食べものも並べられ、私たちにとっては奇妙な曲が演奏されましたが、日本では大変素敵な曲と思われているらしいです。それから、芸者が唄を歌いました。みんな私たちをもてなすためのものでしたから、非常な歓迎をうけたということです。

黒田夫人のほかにも他の人たちが同席していて、最後に私たちは英語で歌を歌うように所望され、拒《ことわ》るわけにもいきませんし、それにみんな英語の歌のことはよくわからないでしょうし、二つばかり歌を歌いました。今までこんなことをしたことがありませんのに、思い出すと、今でもおかしくなります。

三時間ほど黒田家にいて、遅くなったので、捨松は私の家に泊まり、いろいろ話し込みました。私たちはとても難しい立場にあり、自分の思うことを口に出して言ったり行動したり出来るミッショナリーの人たちのようなわけにはいかない、という結論になりました。日本で力を持っている人たち、元勲と言われる人たちは、クリスチャンでもないし、とても不道徳なのです。私たちは大海の中の一滴の水に過ぎないのです。

昨日は日曜日で繁《しげ》と一緒にユニオン・チャーチに行き、英語の礼拝を聞き、ミッショナリーの人たちにも会いました。とてもよい礼拝でした。

帰りに琴は、伯母が勤めているプリンス・トクガワの御殿に連れてゆきました。プリンスはイギリスに五年間留学していて、私たちより少し前に帰国したばかりです。彼はこの近くの家にいるわけではないのですが、ここにいる母親に会いに来たとき、伯母が私に引き合わせるようにとりはからってくれたのです。

彼は非常に高い身分なので、私などが会える人ではなく、維新前にはミカドと同じような地位だったということですが、今はそうではなくなったのだと琴が教えてくれました。

身分の違いにかかわらず、彼は英語でかなり自由に話をし、お互いに、旅の話をしました。とても楽しい人で、私が床に坐らなければならないのを同情してくれました。

彼との会話以外は、全くやりきれないほどくたびれる訪問でした。同席するたくさんの人たちが日本語で話し、私は一言もしゃべれず、ただ彼らに要望されるままに帽子をとって見せたり、洋服やボタンを見せるため、立ち上がってぐるりと回ってみせたりしたわけです。その他、髪形だの身につけているいろんな飾りだのも同じふうに見せました。

梅子の手紙の引用は、必ずしも判読が容易とは言えない古い肉筆から起こしたものであり、また、帰国後間もない梅子が不馴れな日本語を耳で聞いて、勝手なローマ字で綴った箇所も多く、日本の諸事情に通じないままに想像で叙述しているところもあるので、ある程度筆者の判断で読み易いように翻案した。

冒頭に黒田清隆訪問の記と、通訳をした梅子の父、津田仙《せん》のことがあるが、仙と清隆、二人の人物像は、わたしの想像力を刺激する。

黒田清隆（一八四〇〜一九〇〇）が北海道開拓使の実力者であったことは前述した。彼は薩摩藩出身の長老として、長州出身の伊藤博文とは不仲だった。一八八八年伊藤内閣の総辞職後、内閣総理大臣となったがわずか一年半で辞任した。その後も何度か政府高官の席を占めた。一八六九年の五稜郭攻撃のとき、捕らえられた榎本武揚を起用したり、北海道開拓使、樺太問題などで国際的な視野を持っていたと言われている。彼は、教育は開拓の原動力である、という理念のもとに現在の国立北海道大学の前身である札幌農学校の基礎を築き、アメリカ的開拓精神をとり入れた。

また、とくに女子の教育に関心を持ち、一国の将来を築くのは母親の見識にあると考えた。

黒田は一八七一年、開拓事業調査のためアメリカに渡ったとき、アメリカの女性の地位が高いことに感心して、当時弁務公使として滞米していた森有礼《ありのり》と語り、日本を改革するためには日本人がアメリカ人と結婚するのがもっとも近道であるから、当時独身であった森がまずアメリカ女性と結婚したらよかろうとすすめたという話が伝わっている。

黒田は榎本武揚を起用したことで、旧幕府が育てた海外の知識を持つ者たちを、自分のブレインにすることができた。この考え方は、黒田の開拓使による女子留学生募集の中にも連なり合った形であらわれているのではないか。

因《ちな》みに応募した五人の女子の出身は次の通りである。

吉益亮子　十五歳　東京府士族秋田県典事吉益正雄娘
上田悌子　十五歳　外務省中録上田畯娘
山川捨松　十二歳　青森県士族山川与七郎妹
永井繁子　九歳　静岡県士族永井久太郎娘
津田梅子　八歳　東京府士族津田仙娘
（年齢は当時の日本風数え年）

これを見ると女子留学生たちは新政府関係者というよりは、旧幕府方の欧米に早くから眼を向けていた家庭の出であることがわかる。津田梅子の父、津田仙は佐倉藩士の家に生まれ、後、幕府御宝蔵番の津田家のむこ養子となり津田初と結婚し、梅子はその次女である。

仙は若い頃から蘭学、英学を学び、幕府の外国奉行に勤めた。後、新潟奉行なども勤めたが、大政奉還となり、維新後は築地のホテル館に勤めた。

麻布に農園を開いて西洋野菜をつくり、一八七六年学農社を開校し、「農業雑誌」を発行した。幕府時代に福沢諭吉などと共にアメリカに渡り、新政府になってからウィーンの万国博に出席し、日本の農業を改良、近代化することを夢みた。

北村透谷や島崎藤村を生んだ「女学雑誌」の巌本善治は学農社から出ている。「農業雑誌」は三、四千部から一万を超す発行部数があり、当時の日本全国にわたる新しい農業に関心のある者たちを魅きつけた。さまざまな新しい技術、農機具なども発明し、「津田縄」と名づける毛糸のナワで花粉媒助をすすめたりした。

札幌農学校の設立に仙の学農社開校は半年先立って、個人的な想念のもとに新しい気風を全国にひろげた。彼は一八六七年（慶応三年）、渡米の際、異国での結髪に困り、人に先立ってまげを切ったり、明治に入るやいなや妻の初子にもおはぐろを落として眉を立てさせるような、人がまだ誰もしないなりをさせたくらいだから、幼い娘をアメリカへ送ることを考えついたのも彼の意思によるものが大きかっただろう。

仙が断髪して帰朝したとき、近所の人びとは「津田の御新造さんはどんなにつろう御座んしょう。旦那さんがあんなおつむになんなすって」と囁《ささや》き、横浜から留学する幼い少女らを見送る人びとは「随分物好きな親たちもあったものですね。あんな小さい娘さんをアメリカ三界にやるなんて、父親はともかく母親の心はまるで鬼でしょう」と囁いたという（吉川利一『津田梅子伝』、山崎孝子『津田梅子』）。

巷《ちまた》のコメントは以上のようなものだが、この女子留学生に見果てぬ夢をかけたのもまたやはり同じ日本人であった。たとえば津田仙や黒田清隆がそうした日本人であった。

ところで、森有礼にアメリカの女性と結婚したらどうだとまですすめた黒田は、一八七八年（明治十一年）、女子留学生たちがアメリカに滞在している間のことだが、妻せいを暴殺したと巷では伝えられた。酒乱で、十以上も年若い妻を斬殺、あるいは殴り殺したという評判が立ち、「団々珍聞《まるまるちんぶん》」が痛烈な諷刺画を一ページ大に載せて、面白おかしく書き立てた。色川大吉『日本の歴史21（近代国家の出発）』によれば次のように述べられている。

「………ひろがる世論にふたはできない。ついに黒田は辞表を出して家にひきこもった。岩倉（具視）の秘書千坂高雅《ちさかたかまさ》のメモによると、伊藤（博文）と大隈（重信）は法治国家のゆえに黒田の処罰を迫った。大久保（利通）内務卿は追いつめられ、『黒田は断じてそのようなことをする無慈悲な人間ではない。拙者がそれを保証するから、しばらく拙者にまかされたい』
といいきって、腹心の大警視川路利良《としよし》に検視を命じた。そこで川路は部下と医者を連れて夫人の墓所をひらく。棺に近寄って中をうかがい、左右をかえりみて、『他殺の形跡などないではないか』といった。みな黙っていたという。

こうして『公的な手続き』は終わり、黒田は大久保に説得されて、辞表を撤回した」

ところでこの数日後、紀尾井坂で、大久保利通が石川県の士族島田一郎らに襲われて斬られた。斬奸状によれば、

「当時姦魁ノ斬ルベキ者ヲ数フ。曰ク木戸孝允、大久保利通、岩倉具視是レ其最巨魁タル者。大隈重信、伊藤博文、黒田清隆、川路利良ノ如キ、亦許スベカラザル者……。其根本ヲ断滅セバ枝葉随テ枯落ス」

とあった。大久保は、直接的には黒田の妻暴殺事件をかばったことで命を落としたとも言える。黒田の方は生き残って、後に内閣総理大臣にまでなった。

一方こうした怪死説を全面的に否定する人もいる。井黒弥太郎はその著『黒田清隆』や「伝統と現代」（一九七七年）に載せた「黒田清隆とその妻、清《せい》」で、清はかねてから結核を患っていて、その死は喀血によるものだとしている。そして怪死の噂は西南戦争で西郷を惜しむ人びとが西郷に殉じなかった黒田を憎む余り立てた噂で、根も葉もないことだとし、黒田が妻、清の妹百子《ひゃくこ》を養女にしていて、百子は老年になっても黒田夫妻をなつかしんで回想していたことや、当時の権力者たちがこぞって妻妾を蓄えたのに、

黒田はその妻の死まで病弱な妻、清だけを守っていたことから見ても、斬殺などは考えられないと述べている。また福沢諭吉も世の風説を否定した文を「民間雑誌」に執筆しているというから、怪死事件の真相は今となっては解明しようがないという他はない。

が、いずれにしても、梅子が帰朝後、一八八二年十一月下旬、黒田を訪ねたのは、北海道官有物払い下げをめぐって大隈、伊藤、福沢、岩崎（弥太郎）、黒田、井上（馨）などの間で政変があった翌年である。

黒田は自分の力で払い下げた官有物から点火された政変だったので、不満の中で沈黙を守っていた時期だったと思うが、こういう中で、十一年前その夢がみずみずしかった頃送り出した幼い少女たちが成人して戻って来たのをみて、感慨はひとしおであったろう。

黒田の妻の死が夫による暴殺であったか、あるいは単なる病死であったかはべつとして、わたしはなぜか、黒田の年若くして死んだ妻と、黒田が異国に送り出した幼い女子留学生にかけた夢がどこかで交差しているのではないかという気がしている。

黒田が森有礼にアメリカの女性と結婚したらどうだと言ったとき、彼はすでに妻帯していたが、自分の年若い妻（黒田の妻は結婚したとき、わずか十三歳だったとも十六歳だったとも伝えられる）の姿に、アメリカの社交界で目にした、男性と対等にわたり合うことのできる高い教育を受けた女性の姿を重ねて日本の妻たちが、いつかそのような堂々とした存在になれればよいと夢みはしなかったかということである。

現実に目の前にある日本の妻に絶望し、日本の妻、日本の女性を長い歴史の中で自分たち男性がつくり上げてしまったことに腹を立てていたのではなかったか。

黒田の日頃の女性、あるいは妻に対する言動は、彼の夢と現実が大きく喰い違い、それに対する苛立《いらだ》ちと不可解に絡み合っていて、酒乱の癖のあった彼が泥酔したとき、第三者に与える印象は、夫人の死にまつわって怪死説をつくり上げるほどの、さまざまな好条件を用意するものではなかったか。

人の世のさまとは、事実がどうであったかということではなく、むしろ人が心の中でどのように思っていたかということかもしれないのである。なぜ、人は小説を読み、文学がこの世から消えないのか。

実際には口に出しては言えないことを、誰かが心の中では思っているのを、人びとは確かめたいのである。そして、ある時点の人びとの夢と想像力は、次の時代の実際の行為を生み出すのだ。

真偽のほどはともかくとして少なくとも妻の怪死を囁かれた黒田という男性は、ほんの数年前、自分の幼い妻に似通った年頃の少女たちを海外に送り出す決心をした。その後の十一年間に、清の怪死事件を含めて彼の内部世界はすっかり変わり果てていたかもしれない。だがともかくも、目の前に立った山川捨松と津田梅子を見て、黒田は何を思ったのか。

梅子は、黒田氏は「日本的な表現で、私たちの受けた教育についていろいろ賞め言葉を並べ」たと言っている。そしてそのあと黒田邸で受けた饗応についての感想は、戸惑いばかりではない、なんとなくすっきりしないものがある。黒田夫人も同席したと述べられているが、暴殺したと噂された夫人のあとに迎えた人であろう。

……私たちはとても難しい立場にあり、自分の思うことを口に出して言ったり行動したり出来るミッショナリーの人たちのようなわけにはいかない、という結論になりました。日本で力を持っている人たち、元勲と言われる人たちは、クリスチャンでもないし、とても不道徳なのです。私たちは大海の中の一滴の水に過ぎないのです。

これらの表現の中にはいったい何がこめられているのか。梅子はそのとき、黒田の数年前の妻暴殺事件や、その後の政変、北海道官有物払い下げ事件などについてどの程度知っていたのか。帰国後一週間にして、梅子の見渡せる日本の風景を、彼女の手紙を手がかりに読者よ、どうぞ、自由に想像して下さい。

梅子の父、仙は麻布の農園に西洋野菜をつくり、アメリカから帰国した娘に西洋風の食物を供し、西洋風な家具を、多分見よう見真似で造り与え、そして、通訳の役までつとめてやっている。学農社を開いた彼はかつて北海道開拓使にかかわっていた時期もあるし、当然、黒田清隆の人物像について一般の人たちよりはよく知っていたであろう。

プリンス・トクガワというのは恐らく、徳川家達《いえさと》のことではないかと思う。家達の生母竹子は梅子の母、初子の姉に当たる。田安徳川家の慶頼《よしより》に仕えて、家達、達孝《さとたか》を生んだが、このとき梅子はそういう事情をくわしく知っていたかどうかはわからない。梅子の姉琴子は簡単な通訳をする程度にしか英語はできなかったであろうし、またできたとしても、正室ではない伯母竹子とその子家達の関係を帰国したばかりの妹に伝えたかどうか疑問である。かりに梅子が事情を知っていたとしても、アデリンに話をそのまま伝えるのをひかえたことも考えられる。

文中、伯母、プリンス、プリンスの母といった記述が見られるのはそのあたりを押さえて、類推するしかない。家達は徳川慶喜が明治政府に追討されて隠退した後、宗家を継いだので、維新以前なら、ミカドと同じような地位だったとは、将軍の地位をさしているのであろう。

家達は一八七七年から八二年までイギリスに留学し、梅子の少し前に帰国したので、この会見になったものと思われる。家達は後年、梅子の死後、一九三二年、現在の津田塾大学のある小平村に塾が新校舎を移転して落成式のとき、来賓として英語で祝詞を述べ、創立者梅子を時代に先立って未来を予知し、将来を築く新しい女性を育てた先駆者であったと賛えた。

十一月二十九日　水曜日

………繁は明日結婚します。………捨松も私も残念です。でももちろん彼女には何も言いません。彼女はひっそりと結婚し、私たちと繁の家族だけが式に出ます。

………はっきりしておきたいことは、私はいつもアメリカのことを愛情をもって考えていますし、いつの日かもう一度訪れたいとは思いますが、でも私は日本人であり、この国に留まらねばならないということです。ミセス・ランマン、あなたのことをいつも思い出し、あなたの家庭、よく行ったなつかしい場所、なつかしい人たちの親切を忘れることはありません。どんなことが起こっても、あの楽しい思い出が私の心から消えることはない。

………父はとても愛情深く、娘の私に夢中のようですけれど、彼は外国育ちの娘に期待をかけ過ぎます。彼は私が自慢で、いろんな人たちに私を引き合わせ、私にはどうしていいかわからないことをいろいろ要求するんです。彼の期待が突然、崩れてしまうんじゃないかと心配です。………荷物がもうじき着き、ピアノも来るはずです。………今度の日曜日に教会の日本語での礼拝にピアノの伴奏を頼まれました。讃美歌の伴奏は知らないのですが、やってみるつもりです。慣れた方がいいと思いますし、他に誰もピアノを弾く人がいませんから。

父の仕事を手伝って、ビジネスレターを含めて何通か手紙を書きました。彼の手紙も、その他のことも、もっとシステマティックならよいのにと思います。ものごとを引きのばしてばかりいるのは、この国の欠点です。

……今の季節の日本の柿の味を、あなたに味わっていただけたらと思います。それは美味《おい》しい果物ですよ。日本のお菓子類もとても美味しくて飽きません。日本の食べものはみんな美味しくて、私にはとても合うようです。どの味も極めて自然に感じるのは不思議です。

ああ、言葉だけがもっと簡単にとり戻せたら……私は手も足も縛られて、その上耳も聞こえず、口も利けないのです。父は何か教科書を買ってくれると言っていますがまだ実現していません。琴が教えてくれようとはしていますけれど、悲しいことに私の覚えるのは遅々たるものです。

日本語には同じ内容でも六つも七つも言い方があるのに、それを一度に覚えるなんて全く混乱してしまいます。どこへ行くのにも通訳が必要で、散歩も買い物も、訪問も、人力車に乗るのさえ、一人ではままなりません。この都会は大きすぎます。

貴重な時間を何をすることもなく修得するものもないままに、何もしないで過ごすなんて！

帰国後一週間にして、梅子は次第に苛立ち、不安と絶望に襲われ始める。彼女はカルチャーショックで新しい感じ方や経験が、長い時間を生きて、急に自分を年とらせたように思う。

永井繁子の結婚式に出て、国費留学生の使命も忘れてこんなふうにあっさり結婚してしまうかつての同志にがっかりしている。そして結婚式のあと捨松を麻布の自宅に泊め、自分たちの前途の困難について再び語り合う。

捨松と梅子にとっては十一年間も国費で海外留学をさせた自分たちに文部省がうんともすんとも言って来ないことが不審で、いったい何のために自分たちが勉強したのか、果たして自分たちに働く場所があるのかと不安になり始めている。

男性の留学生たちは帰国すればそれ相応の地位も与えられて、海外の新しい知識を国に役立てるような職務についているのに、どうやら彼女たちは女性だという理由で適当な職務もないらしいのである。

そして一方では耳にしたり目にしたりする日本の情況は必ずしも愉快とはいえないものが多すぎる。たとえば、当時築地地区は外国人が居住する特殊地域だったらしいが、そこに住むミッショナリーの外国人に対して梅子は不快だと言っている。

彼らは、日本人を異教徒とか、半分未開の人間だと思っています。やり方は全て押しつけがましく、たとえばこんなふうです。「ああ、あなた、マスダさんね。クリスチャンですか、え？　クリスチャンじゃない。どうしてですか」といった調子です。

もっとも、そう言ったあとで、これは内緒の話で、自分が言ったことが洩れれば問題になるだろうと梅子は言っている。

日本にいるアメリカ人に対しても腹を立てているが、同時にアメリカにいた日本人に対しても腹を立てている。

アメリカにいた日本人のある者は帰国してしまえば、ろくに手紙も書かず、また国情から言って全てやることがのろまで、あなたは気を悪くしていらっしゃるでしょう、と同胞についてしきりに言いわけしている。

梅子の父、仙もランマン夫妻に娘梅子の長滞在について礼状を書かなければと言いながら、なかなか書く様子がない。礼状が遅くなっても恩知らずだと思わないで下さい、と気をもんでいる。

人間にも腹を立て、日本の理解できない風習については赤くなったり青くなったりして、首を振っている。

……街を歩くと、男性が入る建物（トイレのことらしい）があって、半分は開放されていて、なにもかも見えてしまいます。

家庭でも同様で、いろいろなことを目にします。人の前で子供の着がえをさせます。繁は、私たちが冬に帰国したのは良かったと言っています。というのは、労務者の裸姿が夏のようには私たちにショックを与えないからだそうです。この季節でも、膝からかなり上まで素肌が見えます。

女性は胸をびっくりするほどさらけ出します。こういうことを、日本人は笑って済ませますが、男性の前で女性があけすけな話をするのは、私には我慢ができません。間もなく、私も鍛練を積むでしょうが、きっと今後、同じような話を繰り返すかもしれません。これは言葉以上に理解しかねることです。もし日本にお出でになるなら、こういうことを覚悟していらっしゃって下さい。

……あなたが、私の手紙を、ごく限られた人にしか見せないと伺って安心しました。私は、あなた方ご夫妻に書いているのですから、お二人の間だけのことにして下さい。私の手紙を日本人に見せることだけはしないで下さい。私の日本に対する批判を滑稽なばかげたことだと思い、気を悪くするかもしれません。

私の家は日本ではかなり西欧風なのですが、ここですら、アメリカ風なやり方は奇妙な眼で見られます。

……女性は男性より遥かに人生の辛い部分を背負っています。気の毒な、可哀そうな女性！　あなた方の地位をひき上げてあげたい！　でも、みんな満足して、何も気づいていないのに、私に何ができるというのでしょう。これでも十年前に比べれば、日本人は女性を尊敬するようになったのだそうです。

ああ、まず、言葉を覚えなければならないのに！　仕事にとりかかる前に、私の意欲や情熱がなくなってしまうのではないかと心配です。

こういう感じ方は百年の間に、日本人と西欧人の間でも大分変わって来ているかもしれない。たとえば、いつの間にかトイレは男女別になってしまったが、男女の間で肌を見せないことは日本人の眼からみれば、肩や腕をむき出しにした西欧の衣裳で男女が抱き合ってダンスをすることなど、胸をあらわに人前で乳を飲ませる当時の日本の母親や裸の労務者の姿を西欧人が見るときと同じ驚きであったろうから、一方的な驚きに肩入れするのは無意味である。

二、三十年前、全世界を覆ったヒッピーたちの風俗や習慣は、ある意味で西欧の硬直した思考に対する西欧内部からの反乱だったともいえる。裸足、裸体にきれいを巻きつけただけのインドの乞食のようななり、長髪、性風俗の無秩序、それらは生生流転の中にそれをみつめる東洋に刺激された、西欧理念の培った偽善性への叛旗だったのではないか。

日本のことで一つ……アメリカではたとえ、家族の中でも話すことを控えることがありますが、ここでは全然違います。人びとの不倫や、その他もろもろのことです。子供ができたことなども全く人の前で平気で語られます。トイレに行きたいというようなことも、ちょうど水を飲みたいと言うのと同じように、さらりと口にされます(この部分はミセス・ランマンだけにとただし書きがついているから、ミスター・ランマンには内緒ということだろうが、ミスター・ランマンが読まないということはないだろう)。

梅子はこの辺りの日本人のあけすけなもの言いを、「言論の自由」というにはちょっとへんだが、といった含みのあるユーモアで述べている趣がある。

そしてこういう感じ方は、十一年養育されたランマン家の家風、その周辺の社交界の雰囲気をよくあらわしている。そして、ランマン家並びにその周辺の感性が当時の平均的アメリカの社会だったかどうかは、一考の余地がある。外国人の子女を国際的な目的で預かった人たちの特別の気の使い方もあっただろう。

チャールズ・ランマンはアメリカ国務省、内務省、国会図書館などにかかわり、『ウエブスター伝』をはじめ三十余の著書がある。その交友にはロングフェロー、ブライアント、アーヴィングなどがある。日本公使館の書記官をしていたこともあり、梅子を預かることになった。一八七二年に『米国在留日本人』を出版した。

アデリン・ランマンは成功した貿易業者の娘で、父親から結婚祝いにジョージタウンの二軒の家を贈られている。一軒には自分たちが住み、ここで津田梅子も育った。もう一軒は貸していた様子である（山崎孝子『津田梅子』）。

一八一〇年ころ建てられたというジョージタウンの120 West St.辺りには行ってみたが、付近何軒か、煉瓦造りの家が、果たしてその当時のものかどうかはわからないにしても、知的なアメリカ中産階級の好みと言える。

趣味は釣り、旅行などで、比較的生活にも余裕があり、子供のなかった夫妻に我が子同様愛された梅子は、滞米中、アメリカ国内を夫妻に連れられてあちこち旅行し、ランマン家には蔵書も多かったから、梅子は平均的アメリカ人よりは遥かに恵まれた育ち方をしたと言わねばならない。

第三章　苛立ち

一八八二年十二月十四日　麻布にて

……余りの落差なので、私は新しい人生にまだなじめず、落ち着きません。時には自分はほんとうに日本にいるのかしら、これがあんなにも恋い慕っていた私の生まれた国とその国の人びとなのだ、と独り、自分に語りかけることがあります。……そしてやがてアメリカのことは、遠い昔に過ぎ去った夢の中のことだと思うようになるのでしょうか。

……先日、父や琴にアメリカの流儀について話してあげました。とくに男性が女性をどう扱うかということについて。車中で立ち上がって女性に席を譲り、礼を言われれば帽子をとり、女性は紹介されて、つき合いたいと思えば頭を下げるというようなこと。車に乗るときは女性が先で、男性は後に乗るというようなこと。

日本では全く違い、女性はアメリカの半分も気を使ってはもらえません。東京の市電で、もし男性が立ち上がって女性に席を譲ったら、おかしな光景になります。

繁《しげ》は私たちが日本に着いたとき、まず、日本に馴れなさい、日本の粗野なやり方に馴れなさい、と忠告してくれました。まだ不愉快な経験はありませんけれど、こんなふうでなければなあ、アメリカとは全然違うとは思います。世界中どこでも、アメリカほど女性が自由で尊重されている国はないと思います。でも、私たち日本の女は他のアジアの国の女に比べればずっとましなのですから、高望みすべきではないのかもしれません。

まあ、私たち若い女の子はこんなちっちゃなことをあれこれ感じて、あなたにぶつぶつ言うわけですが、外国人は、ミッショナリーの人たちだってほんとうのことはわかっていません。外国人はみんな自分たちの居留地に住んで快適に暮らしているのですから、わからないのです。

私たちは普通の日本の家庭に住み、アメリカから帰ったばかりの新鮮さで日本のやり方をみつめています。

あなたはあらゆることに関心がおありだと思いますから、何でも書きますが、この手紙は他人、とくに日本の外交官の人には見せないで下さい。彼らは私のコメントを嘲笑《あざわら》い、軽蔑するだけでしょうから。あなたには興味があると思いますが、親切で思いやりのある私の家族にもこんなことは言いません。私がどんなにたくさんのことにびっくりしているかは、家族の者たちもわからないと思います。

東京の道路はとても汚く、私を乗せる人力車の車夫が咳込むのを聞くたびに悲しくなります。彼の命はそんなに長くはないと思うからです。彼らの暮らしは大変で、この寒い季節はひとしおです。車を引いているときはあつくて、止まれば急に寒くなって風邪をひいてしまいます。そして結核になってしまうんです。でも、私は東京では人力車なしではどうしようもない。

男性と女性の間の礼儀は日本でもアメリカでも、べつの方向に大きく変わっているであろうから、現代の若い人たちは梅子の語るアメリカのやり方にむしろ驚くかもしれない。また、年配の人なら、アメリカという国や、また、日本にかつてそのようなやり方があったとなつかしく思うだろう。今では、男性が女性にドアをあけたり、帽子をとったり、席をゆずったりすることはフェミニズムの人びとには特別ありがたいことでもなくなった。そんな形ばかりのことをしてもらったところで何になろう、現代の女性はほんとうの自由と平等が欲しいというわけだ。

外国人のミッショナリーに対する観察は面白い。これ以外にも、ミッショナリーに対する批判はしばしばある。彼らはお高く止まって日本人と混じり合おうとせず、日本人を見下している、そのうえ長年日本に住んでも、日本語もろくにしゃべれない、礼儀正しい日本語を使えるアメリカ人など一人もいない、と姉の琴のコメントを伝えている。

伝道師たちは派閥にばかりこだわっている。精神が狭量で、アメリカ以外のもののやり方を評価することができない。公平な判断を下せる人間なら二つの国のどちらにも長所を認めるべきなのに、日本の優れている点を見ようとしない。彼らはアメリカのものは何でも日本のものより良く、日本のものは嫌いで、ある人は日本の菓子には触ろうともしないし、日本料理屋にも入ろうとしない。日本料理は、アメリカ料理と同じだとは言わないが、立派なものである。

日本の着物にはよくない点もいろいろあるが、アメリカ人がきついコルセットでからだをしめつけることに比べたら、その半分も煩わしくなく、滑稽でもないし、全体として優美で気が利いている。

外国人の中には日本の家に来て靴を脱ごうとしない人がいるけれど、困ったことだ。伯母や琴は梅子のコルセットできつくしめたウエストに触ってみて、驚き呆れているし、日本人だってアメリカのやり方に我慢のならないことはたくさんあるのだから、お互いに相手の中の長所を見ようとする自在さがなければだめだ、とぼやいている。

日本人は、西洋人が下着をしょっちゅう替えるのを見て、そんなにしなければならないほど西洋人は汚いのかしらと思い、ハンカチを使って、それを誰かに洗わせるくらいなら、使ってすぐ捨てられる紙のほうがよいと思っている。西洋人は日本の着物は足が直ぐ見えてしまうと言い、日本人は胸の高くつまった洋服はかなわないと思い、西洋人の呆れる日本女性の腰の回りにまきつける重い帯は身体を綺麗に見せると思っている。日常生活の些細《ささい》なことをなかなか変えようとしないのは案外に根の深いそれなりの理由がある。それらの理由は次つぎと連なり合ったべつの理由、原因を持っているのだから、社会や教育を変えるのは至難の業である。

蒸気機関車や船や電報や海軍や陸軍などを真似するのは容易だが、生活、風習を支える想念、感性を変えるのは難しい、と述べている。

彼女の手紙がいきいきして、その口吻《こうふん》、手紙の中に書かれているようなことが目の前にありありと浮かんでくるのは、彼女が目の前に繰りひろげられているものにじっと目を据え、そこにうごめいている生命のさまに打たれ、驚いているからだ。

風俗の違いに感心しているわけではなく風俗を動かしている命に梅子は関心がある。目に映る風俗は、あっというまに変わってしまう。今日、西洋でも足を見せなかった長い洋服は短くなり、ハンカチは飾りになり、ティッシュペーパーがはんらんする世の中になったのだ。そして和服、着物を着る日本女性は年を追って少なくなっている。

もちろん、蒸気機関車、船、電報、陸軍や海軍を真似するのは簡単だったが、それらを操縦した人びとの内部世界はどうであろう。日本人は洋服を着て、文明の利器を使いこなしたが、千何百年か昔の万葉の歌に今もなお心を打たれている。

それはともあれ、外国人に対してこうした意見を梅子が持っていたことは、アデリン宛の手紙が発見されるまでほとんど知られていなかった。今、わたしは若い梅子の憤慨に重ねて、梅子が後年、私塾を創設したとき、その校風にキリスト教をとり入れはしたが、ミッションスクールにはしなかったことをあらためて思い出している。

わたしが津田塾大学に在学当時、礼拝はキャンパスのどこかで個人的な集まりとして行われていたが、学生たちは決して強要されることはなかった。聖書は文学として、英文学、英語学を専攻する学生に必修科目ではあったが、宗教として講義されることはなかった。

また晩年の梅子は、多く和服を着ていた。彼女は日本で発見したものを確かめながら実行に移すたちだった。

梅子はその後の手紙にも繰り返し、日本人によそから新しい考えを押しつけることはできない、と述べ、宣教団の人たちが日本のやり方に知識がなく、ただ坐って批判するだけなのはとんでもないことだと言っている。すべての習慣にはそれなりの理由がある。日本人だって、アメリカ人が泥だらけの道を歩いた靴を履いたまま部屋に入る習慣に呆れるだろうが、アメリカでは玄関までのアプローチで靴の泥がある程度落とされるように工夫されているし、また室内で、靴に触れるのは床だけで、坐るには椅子が使われることを念頭に入れない。同じようなことをアメリカ人は日本の生活習慣についてもっと深く観察すべきだ、と書いている。

百年の歳月は日本とアメリカの両国の習慣をぐっと近づけ、混ぜ合わせた。たとえば、アメリカの若い世代の家庭では室内で靴をはかず、床に坐ったりする生活を当世風だと思う風潮がかなり前からあらわれ、一方日本では家庭ではともかく、オフィスでは靴のままデスクと椅子で立ち働くのは普通になってしまった。そして家庭では靴を脱ぐにしても、ベッドにソファ、ダイニングテーブルにデスクに椅子という暮らし方は、一九八九年の日本のごく普通のやり方である。

さて、梅子は日本の生活と日本語を学ぶのに苦労し、将来の仕事について悩み、そして見るもの聞くものに胸を痛め、憤慨し、絶望しては気をとり直して夢みている。


………日本語は………目下の者、目上の人、対等の人に対する物言い、非常に礼儀正しい言葉、少し丁寧な言い方、などなど、一つの意味でもいくつもの言い方があるのです。そのうえ、謙譲というだけで、意味のない言葉まであるのですから、混乱します。………

今日、私は漢字を習うという大変な仕事にとりかかりました。普通の友人への手紙を書くのはもちろん、新聞を読めるようになるまでどれだけ勉強をしなければならないか。上手に日本語を話せるようになるまで……。

日本にいる外国人で、八年も日本に住んだ人でもまだうまくならないのですから、私がこれから克服しなければならない山の高さがどんなものか、ご想像できるでしょう。

……着物をつくってそれに馴れなければなりません。私が着ると、みんながおかしがります。洋服の下着ではおかしなものになりますので、ズロースやシュミーズやストッキングなど脱ぐわけですが、袖が邪魔みたいだとか、着物がずり落ちているとか、開いているとか、帯がほどけているとか、いろいろ言われるんです。でも、この間は、靴下をはいたまま、指先を鼻緒に合わせて下駄を履き、子供たちと一緒に走りました。

琴は私の髪を日本風に結い上げてくれようとしましたが、うまくいきませんでした。そう、あなたの小さな娘は変身したんですよ。きっと私の着物姿を見てお笑いになるでしょうね。だけど、まだ半分も日本人のようじゃありません。捨松とは大分違います。彼女の家には洋式のものは何もなく、日本式に坐るのは大変だと言っています。私は家にさえいればそういう坐り方はしなくてもよいのですけれど、私は坐ることにしています。よその家に行くと足が痺れますが、洋装していれば、厄介な足はスカートの下に隠すことができます。

よその人はいつも私の足のことを気にしてくれますが、すすめてくれるからといって、その家にたった一つある椅子に腰かけて孤独の光栄を味わうよりは、床の上に坐る道を選びます。どんなに奇妙でもいつも日本のやり方に従うよう努力しています。
琴に読むようすすめる本を探していて、二つの国の違いをしみじみ感じました。彼女はアメリカ人がよその国の言葉で古典を読むよりずっと容易に英語が読めるのですが、マナーや習慣、生活様式についての変わった比喩については理解できないようです。エッセーや旅行記、宗教の本などは読めますが、小説、家庭生活の記述、アメリカのちょっとした冗談、社会のことなどはむずかしいようです。……

十二月十七日

………私たちの仕事、これから先の問題について、いろいろな人と話をしました。みんな、私たちが何をやりたいかを訊き、アドバイスしてくれます。彼らは私たちに大きな期待をし、私たちが他の人たちに与える影響力、その成果を夢みているのでしょうが、大したこともできそうもないので悲しくなります。指導者の妻になるにふさわしい女性を育てる学校がいちばん必要だというのが大抵の人たちの意見です。もちろん私たちは高い階層の人びとをも目指してはいます。けれど、今はたくさんの問題があります。中でも女子教育に対する偏見があり、教育は大してお金のかからないものだという考えがあります。ですから、良い学校を維持するためには基金、その他のものが必要です。もちろん捨松がリードし、私は助けます。

学校はまず小さいところから始めるべきですが、質は良いものを望んでいます。これはまだ夢の段階で、わずかな友人以外には誰にも話したことはありません。実現すれば大きな仕事になるでしょうし、師範学校や他の公立の学校で何年もかかるようなことを短期間に達成できるでしょう。

…………

十二月二十三日

……帰国の時機は非常に良かったと思います。まだ若いので、いろいろ学ぶことも簡単です。もう少しアメリカにいたら、ますます難しくなってしまったでしょう。捨松は年をとり過ぎたと思います。十四の花嫁を私は知っていますが、そんな早婚は今年からは法律で禁じられるという話です。みんなが私たちに幾つかと訊きますが、日本ではそう訊くのが失礼ではなく、確かに私たちは平均の結婚年齢は過ぎています。大抵の女性は十五、六、七、八で結婚しますが、これは日本式の数え方で、アメリカ流では更に二年ほど少ないのですから平均の結婚年齢は十四から十六ということです。

……父は今のところは私の結婚をのぞんでいるとは思えません。何も言いませんし、私も年はとってもちっとも気にしていません（十八歳に間もなくなる）。日本では結婚しない女の人のことは聞いたことがないし、オールドメイドという言葉もないらしいのですが、私も捨松も、オールドメイドで一生を終えるのは悲しいかもしれないけれど、結婚しなくてもかまわないと密かに思っています。日本の夫たちが妻に従順を求めるだけで少しの愛情も尊敬もなく扱う限りは、結婚しても嫌なことばかりでしょうから。

もちろん、すべての結婚がそうだというわけではなく、一般にそうだということです。

十二月二十四日

……日本人はアメリカ人のように乱暴だったり、動作が速かったり、騒々しかったりすることはなく、大変静かな国民です。私たちはアメリカ人を粗野で繊細さに乏しい、静かでない、自己抑制に欠ける国民だと非難しなければなりません。

梅子は捨松、繁を含めて、自分たち三人の帰国留学生を常に We という複数で主語とし、三人には母国に対して共通の義務と夢があるように感じている。

ここではアメリカ人の粗野な振る舞いについて述べているが、前に日本の粗野なやり方に馴れなさいという記述があり、粗野なあらわれ方は、各々の国でべつの場所にあらわれることをよく観察している。

梅子の表現は、表面的に読むと矛盾だらけで、読者は混乱するかもしれないが、続けて読んでいると、いかにも人間的な流動する心の動きが躍動する魅力のある文体となっている。つまり、彼女は一つの現象に多角的に光を当てたり、一つの想念をさまざまな事象、現象に反射、散乱させて、人間の想念の複雑な綾とひろがりを動きの中で捕らえている。

彼女は文中で、思い出したように、「思うままに直しもせずに書き連ねたものだから、他人に見せられる文章ではない」とたびたび断っている。原文を読んでいると混乱した文章でも、その矛盾がかえって魅力になっている面白さがある。梅子の柔軟な感性は同時に矛盾するものに心を動かされている。


………私はまだ日本に一カ月しかいないけれど、外国人の騒がしさにはいやになります。私は外国人の姿が好きではありません。日本人の着物を目にしたあとでは、アメリカ人の服装はピンクのサテンを着た中国人の姿をワシントンで見るようなおかしさがあります。

郷に入っては郷に従えで、私も日本の着物が着たいのです。

私が買い物に行くと、大勢の人が私の周りに集まります。でも私をどうかするというわけでもなく、一言ものを言うわけでもなく、私が立ち止まっていれば、目と口を開けて見ているだけですが、私がその場を離れれば、べつに後をつけてくるわけでもありません。これはアメリカのときよりは少しましですが、それでも気持ちのよいものではありません。

梅子はワシントンで数少ない若い日本女性の留学生で、さんざん好奇の眼で見られていたであろうし、ことに七歳のとき日本からサンフランシスコに着き、シカゴ、ワシントンと旅する道中は周囲のアメリカ人たちから大変な珍奇の眼で眺められ、とり囲んで着ている振袖や結い上げた日本髪に触ってみられたりした。

こういう思い出のある梅子にとっては十一年間のアメリカ滞在の後、今度は日本で同じような目に遭うのに不思議な感慨があったことだろう。そして、二つの異なった国をこのような形で人が往来することはどういうことなのか、どのような人間の未来をほのめかしていることなのかを、自分自身の肌を通して探ろうとしていたに違いない。

彼女の私塾創設の夢は、前述のように帰国後一カ月にしてひろがっている。その夢の中に、これらの体験がどんな形で織り込まれて行ったのか。呻吟して日本語を学ぶときに感じたに違いない言語の奥にある黒ぐろと果てしない深く遠くつながる世界が、英語の向こう側にもあることを、日本人の発見にしたかったのであろう。

十二月二十八日

お正月の餅つきで大忙しです。新年には恐ろしいほどたくさんのプレゼントを贈らなければなりません。果物、魚、菓子など、少しずつとはいえ、全部でかなりの量になります。私が日本に着いたときは三十六のプレゼントを貰いましたが、これに皆お返しをしなければなりません。

………時は矢のように飛び、私は十八になります。忘れないうちに、新年おめでとう。私にとっては初めての経験のお正月です。もう一度、みなさんに会いにアメリカに帰りたいとは思いますが、日本に留まって国のために役に立つ仕事をするという私の決心は変わりません。………日本の女性のためにすることは山ほどあります。

………私は憂鬱になったり落胆したりせず、明るい面を常に見るようにしたい。ものごとを幸せに考えるたちなんです。日本は不愉快な暗い雲にも覆われているけれど、陽もさしているのですから、それを見つめなければ。今は保守勢力が権力を握っていますし、進歩主義や外国人に対する抵抗がありますけれど、これは二十年にわたる改革に必然的に伴う反動というべきです。

この少し後、梅子は日本政府が自分たち（捨松と梅子）の仕事について何も言って来ないので、自分たちは忘れられてしまったのだろうかと案じている。また同じころの山川捨松のアリス・ベーコンに宛てた手紙にも同じ嘆きが見られる。

手紙の文面にもあるように、当時日本では反欧米の風潮が強まり、外国人に対する感情も悪くなり、英語が求められることも少なくなって来ていた。何もかも外国のものが好まれていた時期は過ぎ去っていた。

一八八二年から政府は、西南の役後のインフレ克服のために紙幣整理をしてデフレ政策をとったので、物価は急落し、農村に深刻な不況が起こった。秩父事件（明治十七年十一月）など自由民権運動に伴う騒擾《そうじょう》が多発した。

そういう中で、梅子は誰の役にも立てない自分に絶望し、苦しんでいる。一方、日本食、お米で肥ってくるのを嘆きながらも、着物を着て、ランマン夫人に写真を送っている。

日本の着物はともかくとして、固い鬢付《びんつけ》油で結い上げ、木の枕を使って寝なければならない日本髪の厄介さや、生毛《うぶげ》を剃り落として白粉をべったり塗り、濃く紅をつける当時の日本風の化粧には、梅子も捨松も同じように閉口している。また着物を着たときの坐り方は、長いスカートのときのように足の具合をごまかすわけにはいかないので苦労したらしい。

額や首のまわりに髪のかかるのを嫌い、生毛を剃り落として厚化粧をするのが着物姿に不可欠であるのが耐えられなかった梅子は、ある程度洋風な服装を生活の中に残しておくことが便利だと判断した。

歩き方も、アメリカにいたときは内股で小刻みに歩くのは醜いとランマン夫人によく叱られたが、日本で下駄を履いて外股に歩くのは、アメリカでちょこちょこと内股に歩くのと同じくらいみっともないことである。それ故、日本語が充分になるまではひとまず西洋風なやり方を多少残そうと決心した。

そんなふうに苦しみはあるが、だからといって日本にいられない、アメリカに帰りたいというわけではなく、ただ、アメリカにいたときのように、日本での言葉の問題も、日本のやり方についての何の問題もなく、ただひたすら日本に帰って日本で生活することを夢みていた頃のことをなつかしんでいる。

日本語は難しく、気の遠くなるほどうんとこさある言い方の中で「使わなければならないのは、長い、含みのある、意味のはっきりしない、理解し難いセンテンスなのです」と述べているところは、彼女の言語に対する感覚が鋭敏であることの証拠である。まさに日本語の本質を衝いている。

梅子は自分には語学の才能がないようだと嘆いているが、実際、彼女は生涯日記を英文で書き、少なくとも書く文章は英文の方を楽に感じていたようである。

梅子は前述したように、緻密な科学者風の観察力を持ちながら、その文章は複雑な感情を微妙に流露して生きて動いている感じの伝わってくる秀れた文体を持っている。文筆に長年たずさわっていたチャールズ・ランマンは梅子に文才があると思った様子で、たびたび彼女の手紙や日記を出版することをすすめている。彼の助力があればその実現は可能だったろうが、彼女はランマン夫妻宛であるからこそ打ちあけている心の中を少なくともその時点では公表したくなかった様子で、公表を意図して書いたもの以外の発表はさしひかえたいとランマンに書き送っている。そして誰かに手紙を見せるなら、今後、模範文のようなかしこまった手紙しか書かない、と強い口調で言っている。

彼女は生涯、日本語に熟達しなかったように自分で思っているらしいふしもあり、また第三者もそう思っていた様子があるが、これは彼女が異常に言語に対して敏感で、聞いた言葉を安易にコピーすることに耐えられなかったからだろう。そして、十八歳以後の長い日本の生活にもかかわらず、英語の文章力が衰えなかったのは、非常な読書家で、言語の奥にあるものを探ることを常に忘れなかったからであろう。

後年彼女は日本の古典、『平家物語』『太平記』『源平盛衰記』や狂言などの抜萃《ばっすい》、樋口一葉の『十三夜』などの英訳を「英文新誌」に発表している。

彼女は新しく発表される英文学、日本文学に常に関心を持っていて、この二つの言語の間を往きつ戻りつすることに異様なばかりの執着を持っていたように思われる。読書の習慣は、文筆にたずさわっていたチャールズ・ランマンの家庭で一人娘同様に育てられた幼年時代からの薫陶によるもののようで、就寝直前まで本を読むのがならわしで、アデリンはしばしば小説の類を梅子に送り、梅子はその読後感想をこまめにしたためている。梅子の両親、津田仙、初子の文章などを見るとなかなかの文章家であるから、梅子はその出生から言っても言語に対する感性に恵まれていたのであろう。

梅子が七歳で渡米したばかりの頃、アデリン・ランマンから梅子の母初子宛の手紙の訳文（恐らく津田仙によるものと思われる）と初子からのそれに対する返事、さらに幼い梅子の日本文の手紙が残っているが、その文章を参考までにあげる。（『津田梅子文書』、吉川利一『津田梅子伝』より引用）

千八百七十二年三月四日附米国華盛頓《ワシントン》府外、ジョージタウンに住せるランメン妻より、津田氏の妻へ来翰の訳（「新聞雑誌」第四十号）

ランマン夫人の手紙

御娘梅こと、私宅の二階に吉益亮と一所に居り申し候。右両人は私共お引請けお世話仕り候うまゝ、仕合《しあわせ》の事に御座候。私の夫は当地にてお国公使付の書記官にて、右公使館は私宅より近き所に御座候。去る火曜日には、日本の大使当府へ御着、弁務使森様一方ならず御待請けにて、万事ご都合もよろしく、ご同行の娘子たちは、夫の妹お世話申し上げ候う様御約束仕り候。同人は私と同居罷り在り候う事に御座候。御娘は直に学校へ寄宿致させ候うには、余り早く存じ候うまゝ、森様よりよきお差図御座候うまでは、私方へお預り置き申し上げ候う積りに御座候。悌子、捨松、繁子の三人は、近所に住居いたし居り候。妹及びランメン事日々双方へ参り候うて御心添え致し居り候。皆々一同学問修業の志厚く感心仕り候。殊に梅は覚え宜敷、同人へ逢い候う人々、何れもその立居振舞をこのみほめ申し候。これまでのお育て方宜敷こと、おうわさ申し上げ候。私共一同梅を祝していう、厳母のその愛女と遠く隔絶するのを楽しむは、その子天よりうくる処の才知あるが故なりと。又君を祝していう、外国人に託するに適う、かくのごとき愛情深き少女を得るは天の賜なりと。私共一同既に梅と懇親を結びし故に、若し後来、時ありて別る丶節は如何のなげきあらんかと、唯今より心配罷り在り候。大使節の来着の日は、わが国民一方ならず喜悦致し候。我国へ強き綱を付て、お国と益々固く結び付け申し度き心地仕り候。お国人のわが国民を好み候うことはかねて存じ居り申し候。私共に於ても、日本人に友ぎを結べば結ぶに従い、猶々おなつかしく相成り、益々日本好きと相成り申し候。梅事は当府へ参り候う夜、直に私宅に着致し候う事故、別段に御心安く致し居り候。如何なる人お世話致し居り候う哉と、ご承知成され度く思し召し候わんと存じ上げ候うまゝ、私共の写真封入仕り候。ご覧給わるべく候。梅出立の節遣わされ候う写真は、同人相楽しみ、折々出しながめ居り申し候。殊にお側に坐し居り候う図を、時々衆人に示し申し候。梅よりも深情をお贈り申し上げ候。大人へも宜敷くお願申し上げ候。かしく

千八百七十二年三月四日

チャーレス・ランメン　妻

初子の返書

千八百七十二年三月四日おん認めのおん文、おん細やか様に仰せいただきおうれしく拝見致しまいらせ候。まづまづおそろい遊ばされ御機げんよくいらせられ候う事、数々御目出度く御悦び申し上げまいらせ候。左様に御座候えば、この度は娘梅事不思議のご縁にて、お宅の二かいに吉益お亮様と一所に居り、万事あつき御世話様いただき居り候うよし、浅からず有がたく委細に承り、一同大悦び安心致し居りまいらせ候。日本の大使おん地にお着の節は森様には別段のお待受にて、万事ご都合宜しき由、初めてご旅行のおん方々ゆえ何れもおめづらしきおん事のみとぞんじ上参らせ候。さてお国人にて、厚き御取扱いご座候う由新聞等にて承り候う人々も、有難がり参らせ候。同行の御娘子たち、お連れ合様おん妹、万たんお世話下され皆々英学修業いたし居り出精の由、かげながらおうれしく、お悌様、捨松様、お繁様の三人はご近所に居り候

う由、梅事は未だ学校にはいり候うには早く候う由ゆえ、しばらくそなた様お宅に御厄介いただき居り候う事、さぞかしお世話やけ候う事と山々有難く、万端御まかせ申し上げ候う間、どの様にもおきびしくご教育の程願い上げ参らせ候。兄弟多きゆえ私手元に居り成人致し候うよりは、いかばかりか大仕合にご座候。殊に実子のごとくおやさしく遊ばし下され候うこと、お亮様よりも御申し越し下され委しく承知致し、ご恩の程海山より深く、まわらぬ筆には尽しかね候。おふた方様並にご住居の写真お送りいただき、浅からず有り難く、御目もじの心ち致しうち寄り拝見致し居り参らせ候

御国の人々も、我国より参り候うものを、厚くおもてなし下され候うとのこと、山々おうれしく、当方にても日に日に着類その外食物、何にても追々お国の風を宜しき事と申し、伝信機、鉄道も出き、も早一両年も相立ち候はゞ、よほどよほど便利に相成り、益々お国の人を好み候う事と存じ候。長き内にはお目にかゝり、色々つもるおん礼申し上げたく祈り居り参らせ候。梅は、出立の折持たせ遣わし候う写真を折々取出しながめ居り候うよし、併し帰国の意も生じ申さず候うは、全くお取扱の宜しき故と存じ奉り候

お亮様おん事もご発明にて、梅をご親切にお引受け下され候うにより、私共も大安心致し候。猶又お前様がた万事お心ぞえ下され候う事ゆえ、わけて安心致し候。筆末ながら御礼申し上げたく、私梅を御祝しいただき、山々有がたく厚く御礼申し上げ参

らせ候。何も何もまたのお便りに申し上げ度く候　あらあらご返事まで、目出度くかしこ

なほなほ折角時候おいとい遊ばし候う様お念じ申し上げ参らせ候。お送り下され候うおへやの写真の間に、がく沢山御座候うよう拝見致し候う間、当地名所の写真差上たく、お笑いとめ下され度く候。一同宜しく申し上げたく申し候うに付申し参らせ候。何も何も御礼申し上げたく候　　めでたくかしこ

四月十七日認め　　津田氏より

チャーレス・ランメン御奥様

梅子の母宛の手紙

御めで度申上参らせ候。先づ〳〵御皆々様御揃ひあそばし、御機嫌よくいらせられ候御事、御目で度ぞんじ上参らせ候。私事もきげんよくおり候まゝ、御あんしん被ㇾ下度ねがい上参らせ候。せんだつて申上候とうり、皆々様と御いつしよにワシントンにおり参らせ候。扨てミス・ロヲレンと申す人にまなびい候ところ、この人はふるさとゑかいり候につき、ほかのせんせいがまいり、十時より十二時までけいこいたしおり参らせ候。たゞいまおり候うところは、ミストル・ランメンのところより十三町ほどにて、をり〳〵ミス・ランメンさんもまいり候まゝ、御あんしん被ㇾ下度候。おり

やうさんよりもおへんじさし上ぐはづに候へど、めよろしからずけいこもやすみおり候まゝ、おへんじさし上げかね参らせ候とお申しなされ候まゝ、私より申上げ参らせ候

一、ほんわ初めてのをよみい参らせ候

一、チキウのほんの初めおよみい参らせ候。手ならひもいたしをり参らせ候。御あんじ下さるまじくねがい参らせ候

梅より

御母上様

かへす〳〵じこう御いとひ遊ばし候やうぞんじ参らせ候。めで度かしこ

わたしは今、津田塾時代、国語作文、英作文（創作的な文章）、和文英訳が必須で、少人数（二十人くらい）のクラス単位で毎週提出させられ、必ず細かくチェックされてマークがつけられて戻って来たのを思い出している。それは恐らく創設者、梅子以来の伝統で、当時でも他校には見られないやり方だった。今でもそうだろうか。

第四章　悩み

十八歳の梅子にとっては、結婚の問題は重大である。まず、日本の異常な早婚と、若い男女が交際の場を持たないことにがっかりし、その上結婚後の女性は子供を育てながら夫とその家族のために献身的に働く以外に何の目的もなく、一生を終わってしまうのに、それでよいのだろうかと思う。

アメリカで長い間知り合いだった日本人の男性も、帰国後は少数の例外を除いて会いに来ることもなかった。

日本の女性は、一人で外を歩くこともできない。ほかの女性が外を歩くなら自分も一緒に歩くが、当時良家の子女の外出は人力車が普通だった。梅子は食欲だけが素晴らしく肥る一方なので、良い天候が続くことさえ、この天候が日本人を怠け者にする原因ではないかと本気になって悩んでいる。

かたや文法もシステムもルールも全くないように思える日本語をただ覚えることの難

しさに途方に暮れている。日本では手に入れることの難しい手持ちのわずかな洋服は、肥って日増しにきつくなり、日本政府は帰国留学生に無関心で、仕事の紹介もしない。いったい自分たちは何のために日本国民のお金を使って十一年もアメリカで勉強させられたのであろう。社会を改善するなどという考えにとりつかれているのは、登ることのできない山を目の前に置かれたようなものではないか。その上、十八歳にして結婚にも夢が持てない国情である。

一八八三年一月六日

……多くの結婚はお互いに相手を何も知らない者同士で行われることをご存知ですか。男性は何となく結婚したくて、誰かに良い相手はないかと言います。すると仲人は家族や両親の間に話を付けて見合いをすることになります。満足すれば婚約となり、間もなく結婚式です。

婚約は結婚同様、聖なる誓いと見なされ、破約は大変なことですし、そんなことをしたら、どちらかに秘密の理由があったと疑われ、一般に女性の方が非難されます。

ほんとうの恋愛結婚は男性――大抵は地位の高い男性が、歌や踊りをする低い階級出身の女性と結婚するときに限られているくらいのものです。彼女たちは確かに美しく、芸もしっかりしていますが、これは男性を歓《よろこ》ばすためだけに生きているからです。

男性が女性を訪れもしないで、どうして恋愛など生まれるでしょう。男と女が交歓の機会を持てる社交界は全くないのです。男性の側は結婚のために、女性の家族、父親や兄弟を見にくることはありますが、女の方はそうできても大抵はしません。

我が家でもよくあることですが、客は家族と一緒に食事はしません。父の客のときは父だけが客と一緒に食事をとりますし、私の客のときは、私と父だけが客と一緒に食べます。

………社会を改革するなら、男女とも教育を受けるべきで、教養を高めた双方が混じり合って意見を交換しなければ。特に女には教育が必要です。………

一月十六日

………捨松《すてまつ》、繁子《しげこ》と三人で結婚について話し合いました。日本では未婚の女はほとんど何もできないとしか言えません。女には自由がなく、とくに未婚の女はひどいのです。捨松も繁子も、私はこの二、三年が適齢期なのだから、結婚する気があるなら今をおいてないし、今すぐ今後一生独身を通すかどうか決めるべきだというのです。他の人はみんな早く結婚するので、そうしなければ相手はなくなってしまうというのです。

結婚するのなら今すぐ結婚しなければならず、二、三年すると相手がなくなってしまうなんて、随分へんな話だと思います。

今のところ、私はたとえ隠遁者のような生活を送ることになっても、日本の普通の結婚をする気にはなりません。父は私を結婚させようとは思っていないし、私は日本のやり方を知らないし、結婚について何か話があるわけではなく、結婚の申し込みもないのですから、繁子がいろいろ助言してくれたり、捨松が私の年齢について警告したりしても、結婚しようとは思いません。

幸いに私は若いし、これからも若くありたい。大抵の日本人は恋愛結婚を嘲笑《あざわら》い、とんでもないことだと思っています。日本の女性は夫に対して非常に従順で、献身的なのですが、愛されていなければ、そんなことできるわけがありません。繁子も言ってますが、私たちはほかの日本の女の人たちのようにそんなに恭々《うやうや》しく夫に仕えたり、故もなく尊敬したり、礼儀正しくしたりすることはできないと思うのです。

それから、日本では姑というのが強大な権力を持っているんです。それやこれやで、私は普通の日本の女性がする結婚のための結婚はしないつもりですし、父も強要はしないと思います。

日本では親が子の結婚を決めるのは当然ですが、若い男性が女性に手紙を書いたり、求婚することはしませんし、女性の父親に申し込むということもないのです。誰かを通じて話をしなければならず、女性の父親が良いだろうと思うとき、初めて本人の女性は意見を問われます。

瓜生氏でさえアメリカで繁子と婚約しましたが、正式には益田氏（繁子の実兄）に申し込み、益田氏が繁子に話をしました。

日本には courting だの flirting などという言葉はありません。………

私の結婚問題は二十歳になるまで保留します。………

男性の当然な求愛行為として女性に言い寄る courting や女性の意思表示であるそぶり flirting という言葉がない、と嘆いているところは後年、外国語、英語を通じて女性にべつの世界のものの考え方を見せようとした梅子らしい言い方である。

もちろんアメリカ人であろうと日本人であろうと、人間という生物ではあるに違いないので、男女間でお互いに気を引き合う仕草、行為はあるにきまっているし、それに代わる日本語はあるが、「秋波を送る」「色目を使う」「気を引く」「気がある」「言い寄る」などという言葉は市民権を得ていない感じがある。ただ彼は彼女に「親切にしている」などと言っても意味が曖昧であるが、曖昧であることこそ、日本語の命であるかもしれないので、こうした表現の違いこそ文化そのものの香りというべきかもしれない。

この手紙を梅子が書いた少し前に、捨松と梅子は繁子夫妻の友人ということで、同じころ留学していて当時まだ独身だった神田乃武《ないぶ》宅のパーティーに招かれている。そして恐らく神田は捨松に気があり、捨松のアリス・ベーコン宛の手紙によると、すでに求婚めいた意思表示をしていたかもしれない様子である。

神田乃武はこの少しあと、捨松、繁子、梅子、繁子の夫、瓜生などと共に繁子の結婚披露宴（結婚式より遅れて、三井物産の社長であった繁子の実兄益田孝が政府高官たちを招いて開いたパーティー）の余興にシェークスピア劇「ヴェニスの商人」の裁判の場面を演じている。彼女たちは常づねパーティーで芸者、芸人などのエンターテイナーなどが使われるだけなのを不快に思い、そういうものではないエンターテインを夢みてこの芝居を計画した。

だから、三人の結婚についての話は、アメリカで知り合って一種の恋愛結婚らしいものを成立させて、現在幸福らしい繁子と、かなり具体的な形で結婚というものを考えているに違いない捨松と、まだ結婚には何の具体性もない梅子との、周囲の結婚観を判じながらの談合と言える。

捨松は繁子のパーティーの余興「ヴェニスの商人」でポーシャを演じたが、そのときの招かれ客の一人、陸軍卿大山巌《いわお》に見初められて結婚することになる。

捨松は、大山との結婚を決める以前に神田の求婚は断った様子だが、その後神田を梅子の結婚相手に推薦し、繁子の兄からも働きかけさせた様子で、神田もその気になり、梅子にも求婚したように思われる。

その頃の捨松のアリス宛の手紙には、梅子について書かれているものが多く、梅子は父の仙《せん》が変わりもので、日本では閉じ込められた孤独な日を送っているから、結婚させる以外に梅子を救う方法がないと言っている。

捨松や繁子から見た梅子観は、アデリンにも伝わって、アデリンは梅子の身の上を心配して、その後何度か手紙で神田以外にも結婚相手を紹介してすすめたりしているが、梅子はその度に強く断り、しまいには腹を立てて、二度と結婚の話はしないでくれ、とほとんど叫ぶような口調でそっぽを向いている。

五月二十六日

繁はあなたに全く誤った印象を与えています。まず、私のことを孤独だと言ったそうですが、ある意味ではそうかもしれません。我々三人は教育も、経験も他の日本人とは全く違っていますし、思考方法も行動も違うので、その結果日本の女性の中で孤立しています。だからといって、べつの意味では、私は孤独ではありません。私には親しい友人があり、姉妹や家族がいます。いつもあなた方のこと、アメリカをなつかしく思い出すことはいつも申し上げている通りです。でも繁がそんなふうに言うのは軽率です。私が外出もままならぬというのは、誘われる機会がなくて、パーティーに出るチャンスもないということではなく、私は人に会うのは好みではなく、また時間もかかるのであまり外に出なくなり、家事も忙しいというだけのことです。繁は私の父が厳しすぎると言っているのではありません！　彼は日本人の父親としては寛大ですし、特に、特別な育ち方をした私に対しては寛大です。でも私が何をするときも父に許しを求め、繁の家に泊まるときなどもことわるので、そう思うのかもしれません。繁にしても捨松にしても、自分の父親と一緒に住んだことがないので、それが異常な抑制と思うのです。ああ、普通の日本の娘たちの状態をあなたが御存知なら！

……………

……結婚させようと根気よく奨める繁や捨松やあなたにはお気の毒ですが、私は他人を喜ばすために結婚する気はありません。どうぞセラタ氏（ローマ字のまま）のことはもう書かないで下さい。彼のことは全然好きじゃありません。あなたや上野氏の話を聞くと、人は私の恋人だったと思うかもしれませんよ。あなたが仲立ちして私にもその気があったと思われたりしたら、全くいい迷惑です。……もう絶対に結婚のことは触れないで下さい。私は本当にその問題はいやだし、耳にしたり話題にしたりしたくないんです。……

将来にわたっても絶対結婚しないとまでは言いませんが、独身だという理由で他人にへんな眼で見られずに、自分の道を進みたいと思います。それはこれから先私の耐えねばならない試練です。

梅子のアデリンに対する物言いは、母親というよりは非常に親しい年上の友人に対するような情愛と理性のほどよく調和した素直な表現である。そして結婚話に耳を傾けないのと並行するように、自分はどんなことが起ころうと、日本でどんな困難があろうと、自分にとっては今のところ楽な方法であるにしても、アメリカに逃げ帰るような卑怯な真似はしない。私は臆病な脱走者には絶対にならない。自分は日本を離れては満足することも喜びもない。永久にアメリカに住みたいと自分が思っているのではないかなどという心配は無用である。いつかは訪れるけれど、それはただ訪れるだけであり、日本で世界を広く見た今では、きっとアメリカの女性たちの軽薄さ、うわついたスキャンダルにいらいらし、がっかりするでしょう、と付け加えている。

アデリンに対する梅子の口調は激しくて、情熱的で、日本に対してもアメリカに対しても公平に厳しく歯に衣を着せない。異国の少女に十一年をかけてこのような手紙を書かせる力を育てたランマン夫妻に、畏敬の念をかき立てられる文面だ。

捨松の結婚については、次のように書いている。

三月二十七日／四月十一日

……捨松がもう言ってもいいとのことで書きますが、彼女は数カ月で結婚します。

閣僚の一人、陸軍卿の大山氏と結婚すると約束したそうです。……これはごく普通の結婚ですが、捨松は選択の自由が与えられ、彼女自身が決めたことです。一生の問題ですから、彼女は将来のことを考えて、決心するためいろいろ悩みぬいたので、すっかり痩せてしまいました。単純にこの結婚を選ぶか、それとも貧しいまま独立と自由を確保するかの選択です。そのことを考えたあげく、心を決めたのです。

この話は一ヵ月前のことですが、正式の婚約の式は今週行いますので、それからはもう変更できません。公表されてから婚約を破棄すればスキャンダルになります。

繁の兄益田氏が仲人になります。私はだいぶ前に知っていてお話してもよかったのですが、彼女の許可がでるまでひかえていました。もちろんこの結婚には恋愛はありません。捨松が決心したのは、お互いに少し会っただけのときでしたが、よくよく考えてのことです。

私たちは、このことをあなたに言うべきかどうか話し合いました。この結婚が恋愛によるものでないことは残念に思いますけれど、日本で恋愛結婚をするのは無理なのです。男性は恋をするような女性に会うチャンスはないし、そうであるなら日本で恋愛結婚は非常に稀なことと言わねばなりませんから、相手を尊敬でき、好きであるなら、捨松の結婚はそれでよいと思います。

捨松は日本の将来のために職業として教えることはないでしょう。政府高官の妻になるわけですから、その立場で教師をするのもおかしいでしょうから。これから私は教えるにしても、彼女の助けもなく、一人でやらなければならないんです。

彼女は結婚すれば私たちの世界からは縁遠い、一段高い階級の人になってしまい、彼女のことですから、私たちを見下すことはないでしょうが、今までのように気ままに会うわけにもいかなくなるでしょう。身分の高い貴婦人として彼女は孤立するのではないかと思います。他の政府要人の夫人たちには、芸者出身の人が多いので、捨松の存在は日本のためにもなるでしょう。

……捨松が帰国したとき、大山氏が丁度独身だったのは幸運なことでした。彼はクリスチャンではありませんが、有名な男性には珍しく道徳的で、お酒飲みでもなく、みっともないこともしないし、大変楽しい人柄で、親切な人物です。

捨松の立場はとても難しいものでしたが、彼女が選んだ道は最良なものだと思い、私は特別自分の意見も述べず、瓜生夫妻と共に彼女の結婚に賛成しました。

……大山氏はぜいたくな馬車を持ち、家には素敵なグランドピアノがあり、大勢の使用人がいて、門は常に警官が守っています。

ほかにもいろいろ素敵なものがありますが、それらはみんな彼女のものになり、洋服はパリからとり寄せることになるでしょう。

……大山氏は西洋のしきたりに従って、捨松に指環、ダイヤの指環を贈りました。

スイス製の三つのダイヤが輝く素晴らしいものです。これが彼女の貰う最後の宝石というわけではありません。

大山家のパーティーに招かれたときは、フランス式の豪華なディナーが出ました。十品以上のコースで、客は十四人、繁の兄の益田氏、吉田夫妻、醍醐侯爵夫人、矢野氏などがいました。食後はカードを致しました。

三階建ての立派な大邸宅はフランスの建築家の設計だそうで、一階にある部屋を二、三見ただけですが、内装もフランス風でした。玄関のところにはランプがあり、門には兵隊が立ち、巡査がとりまいています。

醍醐侯爵の家が隣で、外務省が近くにあります。ロシア、ドイツの大使館も近くで、イギリス大使館もそう遠くなく、東京のエリートが集まっています。

………婚約はまだ発表されていませんが、いろんな人たちが捨松に会いに来て、先のこともあるので、彼女はすっかり有名で、高官の夫人たちが訪れ、捨松も返礼の訪問をしたり、出たり入ったりの大忙しです。

………捨松は非常に影響力を与え得る地位になるでしょうし、私は彼女がその影響力を日本のために充分活用することを願っています。

まあ、こんなように捨松の結婚について報告する合間に、自分の結婚に関しては、懐疑的になってゆく。身近にいろいろな結婚の形をみる度に、むしろ結婚しない生き方に梅子は近づいていくように思える。

捨松は同じ頃、アメリカ時代寄宿していた家の同年の末娘、アリス・ベーコン宛に大山巌との結婚について、自分の決心を述べている。捨松は結婚しない日本の女性はあまりにも無力であり、もし女性が社会のために何かしようと思うなら、力のある夫の力を借りるのがいちばん早道である、と考えた。恋愛というわけではないが、大山巌という権力を持った男性に好感を持ったのであるから、それを愛と尊敬に変え、夫を通して自分の意思と夢を実現に近づけよう、と思うようになったのだ。

もし梅子が将来、日本の女子教育を目指して何かするつもりなら、自分はその事業を大山夫人の立場で背後から助けよう、そして、そのほうが独身の女性教育者山川捨松の力よりずっと大きいものになるだろう、と捨松は決心している。

捨松は帰国後も、梅子がアデリン・ランマンと生涯にわたって文通を続けたように、ニューヘイヴンのベーコン家のアリスとの友情を深めていた。そして捨松とアリスの縁で後年、アリスは津田塾の創設期に大きな力を貸した。

捨松の曾孫に当たる久野明子さんが捨松が留学を終えて帰国してから百年後、一九八〇年に、当時曾祖母の捨松が書いたアリス宛の数十通の手紙を入手する機会を得て、捨松の青春を追って『鹿鳴館の貴婦人大山捨松』（中央公論社）と題する本を一九八八年に纏《まと》めている。

多分、久野さんが捨松の古い手紙を入手して間もなくのことだったと思うが、NHKのテレビ番組（「歴史への招待」）でこの話をとり上げたことがあった。そのときわたしは津田梅子との関係で、捨松の手紙の原文も読むことができた。捨松と梅子の手紙を並べて読みくらべると、同時代に生きたこの二人の女性が、それぞれに異なったやり方で日本の未来を築くことに生涯を賭けようとする若い女のけなげさが絡みあっているのが見える。

捨松は幕末に会津藩家老の山川家に生まれ、明治政府が女子留学生を募集したとき、山川家では新しい時代に生きる女性像を当時十二歳だった捨松に託した。母は幼い娘を異国へ送る切ない思い、「捨てて待つ」の意をこめて、それまでの幼名咲子を「捨松」と改名して娘をアメリカへ旅立たせた。

津田梅子と共に十一年後帰国した捨松に、妻を亡くし、幼い娘たちをかかえた陸軍卿大山巌から結婚の申し込みがあったいきさつは前述の通りだが、大山巌は会津落城のとき官軍、薩摩の雄として城に大砲を撃ち込んだ将なのだから、この縁談に郷土人ともども山川家が難色を示したのは当然である。

そのことを承知で捨松はこの縁談を彼女自身の意思で選びとった。彼女は官軍の会津攻めのとき八歳だったが、そのときの記憶を、後年（一九〇四年）アメリカの雑誌「トゥエンティース・センチュリー・ホーム」のインタビューに応えて、英語で語っている。

久野さんが纏めた本からの引用で、大山巌との結婚にまつわるアリス・ベーコン宛の手紙の一部を紹介する。

「……ああアリス、今私の考えはぐるぐる変わります。今では、日本に住む以上は、女性は結婚しなければならないと考えるようになりました。結婚に対する考え方がアメリカとはまったく違うのです。あなたが日本に来て日本人にならないかぎりとても理解出来ないと思いますが、とにかく女性には結婚が必要なのです。結婚しなければどうにもならないのです。……」（一八八三年二月二十日）

「アリス。人はよく祖国のために死ぬことは名誉あることだといいますが、祖国のために生きることの方がもっと大変なことだと思います。もし、誰かが死ぬことで、日本の国のためになるのでしたら、私は喜んでその一人になるでしょう。でも、今日本が一番必要としているのは、心からこの国に貢献したいと願っている人達による息の長い仕事なのです。……学校で教えることはほとんど見通しがなくなりました。この件については私はすっかり落胆してしまいました。日本人は何をするにものろく、政府は私が教えようが教えまいがどうでもよいのです。国の損失だと思うのですが、それさえ気にしていないようです。現在私の出来ることは、個人的なレベルで教えていくほかないと思います。……」

「……ある政府の高官から結婚の申込みを受けたことを以前にお話したのをおぼえていますか。その方からもう一度申込みを受けたのです。私は今この結婚を真剣に考えています。現在のところ、私が就職できるような仕事はまったくありません。教えることだけが今の日本が必要としていることではないと思います。今一番やらなければならないのは、社会の現状を変えることなのです。日本では、それは結婚した女性だけが出来ることなのです。いいかえれば、教えることだけが日本を救う唯一の方法ではないということです。もし、私に教えることが出来ないならば、日本にとって私はまったく役にたたないことになります。教育に一生を捧げることは厭いませんが、たとえ私の夢をあきらめたとしても何か別の方法で日本の国の役に立つことができないものかと考えるようになりました。

でもアリス、私はお国のために結婚するのではありません。私はこの結婚を日本のためばかりでなく、自分自身のためにも真剣に考えています。お国のために役立つからといって、自分自身がみじめになるのはいやですが、自分も幸せになれその上お国のためにも役に立つ道もあるはずだと思います。

アリス、私は時々どうしてよいかわからない時があります。すっかり混乱してしまって、何が正しく何が間違っているのか区別がつかなくなることがあります。……」（一

八八三年四月五日）

「親愛なるアリス

大山氏は私との婚約を公けにすることをとても急いでおられたので、私はこの問題を二週間じっくり考えたすえ承諾することにしました。私達は正式に婚約しました。日本の習慣に従い婚約の儀式が行われ、今では私達は結婚した夫婦のように色々な誓いを守っています。十分考えた上で私は決心したのです。そして、今私は自分のしたことが正しかったと思っています。

大山氏はとても素晴しい方で、私は自分の将来を彼に託すことにしました。多分、あなたは賛成して下さらないかもしれません。でも、こうした問題はすべての人に満足してもらうことは望めないのではないでしょうか。なんだかあなたを裏切ったような気がしますが、いずれはあなたにもわかって頂けると信じています。……

私は今、未来に希望が持てるようになりました。自分が誰かの幸せと安心のために必要とされていると感じられることは、ともすれば憂鬱になる気持を癒してくれるなによりの薬となりますし、私に勇気を与えてくれます。私の家族は皆私のことをとても好いてくれますが、自分が家族の中で必ずしも必要とされていない、もし私が死んでもそう長くは悲しんではくれないのではないかと考えると、前はとても気分が滅入ったものでしたが、今は違います。ある人の幸福がすべて私の手にゆだねられている、そしてその方の子供達の幸福までが私の手の中にあると感じられる、そんな男性に私は出会ったのです。

今では私の身に起こる小さな試練などちっとも気になりません。時々、誤解ばかりされて悩んだこともありましたが、それも気にならなくなりました。……

私は未来の夫のために自分自身を捧げ、あらゆる意味で良き協力者になりたいと思っています。これはとても大切な問題であると感じています。そして、神の御加護のもとに私が務めを果たすことが出来るように望んでおります。」(一八八三年七月二日)

さて捨松の一般的とは言い難い結婚についての梅子の感想はさておくとして、日本社会で身近に見聞きする結婚に疑いを持てば持つほど、その結婚によって生まれる子供たちの姿と、その子供たちが大きくなってどのような男性と女性になるかを梅子はじっとみつめている。帰国してすでに半年経っている。

五月十三日

………最近、わが家は訪問客がとても多くなり、その人たちがみな遠慮することもなく、当然のように食事をしていくのです。食事時間に平気で訪れて、帰ろうともしません。一人の客を予定しているところに十人の来客があって、それにみんな食事を出さなければならないなんて、あなたなら、何とおっしゃるでしょうね。

客はみな男性で、父の友人で、正式に紹介されるわけでもなく、サービスだけさせられます。訪問客は男だけなのです。日本ではパーティーは男だけのもので、女性は自分自身のことに関しては猫のようにおとなしく怠け者で、男性の給仕としてだけ扱われます。女性が家の中で食事やその他の仕事をする以外にもっと重要な役割を果たせばよいのにと思いますが、日本の女性は異性と話をしたり、相手を楽しませることは全くできません。

私がもろもろのことをどんなに疑問に思い、悩み、途方に暮れているか、わかっていただけるでしょうか。私は日本の女性に対する愛情のために、一方では彼女たちを非難しますが、その気の毒な立場を思うと、義憤に燃えます。

日本の男性を非難するつもりはありませんが、姉妹や母よりも、そして後には妻よりも上位にあるように育てられ扱われて、甘やかされてしまっています。ミセス・ランマン、ああ、とてもわかってはいただけそうにありません。……日本でもアメリカでも、女性は満足してしまっているのですから、根はとても深いし、事態を変えるのは不可能なんです。

女性は男のように思われはしまいかと怖いんです。無知で、迷信にこり固まっていて、男性からもっとましに扱われるように期待するどころか、女性は男性より劣っていると思い込んでいて、決して立ち上がろうとしません。悪いのは教育ではなくて、環境と言えそうです。環境を変えなければ――。

子供たちが世の中のありさまを見て、こんなふうではいけない、かくあるべしと思っても、また自分たちの家族は他の人たちとは違った生き方をしようと思っても、流れに逆らって泳ぐようなもので、溺れるしかありません。……………私は何もできはしないし、他人に調子を合わせているだけなんです。………子供たちは、あれをしてはいけない、これをしてはいけないと教育はされますが、何が善いことかなどとは教えられません。

日本の物語は非道徳的で、十歳になる妹のふき子などには聞かせたくないようなものです。ふき子に読ませるような読みものは何もなく、日曜学校で子供に聞かせるような物語も、フェアリーテールも、ロマンスもないのです。日本では英語がこういう子供向きのお話を知る唯一の手がかりになるかもしれませんが、英語を習うには何年もかかります。………

私が死ぬことによって日本の娘たちを向上させることができるのなら、死んでもよいとさえ思いますが、死んだところで、それが気高いヒロイックな行為だというわけにもならないのですものね。ただ、こんなにいらいらして、何もできない我が身の不甲斐なさに苦しむよりは、死んだほうがましだと思うほどです。ただ、何となく生きて、老いぼれた自分ばかりが大切なお婆さんになるくらいなら！

……妹のよな子の乳母が、温泉にいる母のところに行っていますので、よな子は私と寝ます。大変可愛く、面白い、頭の良い子ですが、私同様強情で意志の強い子なので、ちょっと扱いが難しいのです。でもだいぶ馴れました。

日本の子供の育て方にはちょっと失望しています。私の子供のときの記憶では、母は大抵の女が最初の子供を育てるときのように厳しかったと思うのですが、今は子供を抑えたり、罰したりするのは好まないようです。子供が泣けばお菓子を与えて泣きやませ、子供は一日中お菓子を食べていることになります。

人生の苦難に必要な従順さは、少年期、少女期に始まるものだと思いますが、父も母も私には他の日本の娘に対するのとは違って厳格ではありません。普通の意味の良い娘ということを期待していないように見えます。私が、彼らに従わないというわけではなく、自分自身で判断して行動するからでしょうか。

でも、日本の子供の人生の中でいちばんよい時期は幼年時代ではないかと思います。思うままに戸外で遊べますし、着物も窮屈なものはなく、お菓子は食べ放題、着物が汚れても平気です。家の中ではごろごろ転がっていてもよいし、ぶつかるものは何もありません。日本は遊ぶ子供にとっては天国です。でも、身体や心の健康にとってこういう育て方が良いかどうかは疑問です。

梅子は十二人姉弟の次女で、帰国したときは小さな弟妹がたくさんいて、その子供たちと遊ぶことが決して苦痛ではなく、愉しんでいた様子である。帰国後、しばらくの間、母の初子がいつも病気がちで、寝たり起きたりのことが多く、ひどいときは、一月のうち二、三日しか具合のよいことはないといった記述があったり、このときも温泉に出かけたらしいが、梅子の帰国前年、一八八一年十二月に妹きよ子が生まれ、帰国後一八八四年に妹とみ子が生まれているから、産前産後の不調、悪阻《つわり》、その他のこともあったかもしれない。

一人の姉と大勢の弟妹、それに同居している伯母、その他親戚の多いことはアデリン宛の手紙にも随所に見られる。そしてその大家族を面倒に思っている風情はなく、その後梅子自身は結婚しなかったが、よく世話をし、また世話にもなった姉弟、甥、姪たちとは生涯にわたって深く親しんだ。後の私塾経営、梅子自身の私生活にもこれらの大家族の縁者たちが与えた助力は大きなものであったし、梅子もそうした人びとの温かさに囲まれていたからこそ独身の教育者の寂寞感も少なかったのであろう。

アデリン宛の手紙には姉、妹弟たちにまつわる関係の記述が多く、育っていく幼い生命を見守る中で彼女の教育者としての理念も培われたのではないか。

八月十二日

……弟たちが帰省して喜んでいます。次郎はこの冬に元親のいた京都の学校に行きますし、元親は六月に卒業します。元親は私より若いのに背が高く、ませて見えます。父と同じくらいの背恰好かしら。

彼がアメリカの大学に行ければいいと思っています。彼もそうしたい様子ですし、きっとアメリカが好きになると思います。とても良い子で、あなたはお笑いになるかもしれませんが、女性や弱い者に対していかに礼儀正しくするか教えています。女性は食事の仕度や軽い肉体労働はできるけれど、引っぱったり押したりする重労働は男性が手を貸さねばと教え、二階の部屋や私の部屋の重い雨戸は閉めさせますし、布団も畳ませます。重い椅子などを持ち上げなければならない時は次郎に頼みます。

……姉さんたちを手伝うのは、彼らにはよい勉強になりますもの。彼らは日本の習慣は男性に都合よく出来ているにもかかわらず、お高くは止まらず、ちゃんと手伝ってくれます。……彼らにアメリカの話をしてやると、おかしいと言いますが、まあ日本人としては進んだ考えを持っていて、学ぶ気もあるようですから、私はとても彼らに期待しています。

少年であった弟たちが、梅子の現在目にしている、女性を見下す甘やかされた男性に育ってしまわないように、男性と女性が協調して生活を愉しむ日本の未来社会を夢みている。

それにしても、帰国後数カ月も経つのに父の仙や姉の琴子が英語で話してくれるからか、日本語にさっぱり進歩のない自分に愛想をつかしている。幼い頃の日本語の記憶も残っていた年齢のせいもあって比較的早く日本語をとり戻した捨松や繁子にくらべて、自分はばかでのろまに違いないとこぼしている。

さて梅子は、繁子の紹介でメソジスト教会の教師の職があったことを報告し、夏の間の一カ月半の仕事をひき受けている。

五月二十五日

……公立の学校の生徒のほうが良いし、伝道団のために教えるのは本意ではなく、正規の仕事としてする気はありませんが、今のところ私の日本語で教えることはできませんので、夏の期間だけ、来月から一カ月教えることにしました。

経験のため、日本の少女たちと混ざり合って、彼女たちの行動や考えを知る良い機会ですから。働かなければと思っていましたし、働けば気も休まりますし、他のことで悩む時間も減ることでしょう。

それに、私は教えることが好きですし、地理や歴史や英会話を教えるには苦労しないと思います。外人居留地の築地はここから人力車で一時間かかり、天気にかかわらず月火水木の一時から四時までの仕事で、かなりの時間が取られます。報酬は安く、月二十円で、日本では女性の仕事としてはかなりな額かもしれませんが、十五ドルくらいのものです。それに往復の人力車代が月に五円はかかります。いろいろ考えましたが、その話を受ける旨返事をしました。

　私が先生になって子供たちを教えるなんて、びっくりなさったでしょう。父には、政府から声がかかる前に下準備として、また、私自身が遠い将来、自分の学校を創ったときのためにも、経験を積みたいと言いましたら、大賛成でした。自分の学校を持つことなんて、不可能に近いかもしれないけれど、でも、絶対にできないことでもないと思います。

　小さなことですが、これが最初の始まりです。万歳。子供に教え、命令し、静かにさせて、お金を稼げるなんて、おかしいこと。だって、私自身がまだ十八ですし、学生気分なんですもの。他の先生は大抵三十をこえた人たちです。

第五章　怒り

帰国して半年余り経って、梅子は繁《しげ》の紹介でメソジストの学校で教えることになった。初めての経験である。六月から七月にかけての六週間を、彼女は週に四日、午後一時から四時まで、一つの教室でいくつかのグループにそれぞれべつのことを教えた。アデリン宛の手紙の説明によると、二人には初歩のアルファベットを、二人には歴史を、八人には文法と地理と英会話を、五人には読み方と書き方を教えた。

授業は楽ですけれど、それでもかなりしゃべったり、説明したりしなければなりません。それを生徒たちは必ずしも全部理解できるわけではありませんが、とても一生懸命やりますし、覚えるのも速いのです。

と述べている。生徒たちの英語の学力の違いで、それぞれに応じた教科を教えたのであろう。こういうやり方はそれまでの日本でも、年齢の違う子供たちを教える寺子屋などの手習いにあったかもしれないし、またアメリカではその当時から今日に至るまで、教師は生徒の学力に応じた教え方をするべきだという教育の理念が伝統的に強い。

わたし自身アメリカの学校で日本語の教師として教えた経験から言えば、学校全体として生徒を能力別に扱うのが当然という考え方が強かったように思う。

わたしの勤めていた学校は一学年に六クラスから八クラスくらいあったと思うが、一クラス二十人から二十五人くらいで、Aクラスから能力順に分けられていて、日本語の授業はAクラスにだけ与えられていた。この場合、日本語はあくまで国語（アメリカの場合、英語）以外の外国語であって、フランス語、スペイン語などの外国語と同格の扱いで、小学校一年生から十二年生まで、通して教えられた。

これはある意味で生徒たちに公平な機会が与えられているとはいえないやり方だが、こういうやり方が多くの市民たちの賛同をいちおう得ているのは、その根本のところで、人は個々の能力に応じて扱われるのが当然だという気分が強いからである。

そして単に成績順ということでもなく、一つのクラスをも更に五グループくらいに分けて、一人の教師は生徒の力に応じて、同じ教室でもべつのことをさせたり、宿題などもべつのものを与えるのが勤勉で有能な教師だとされていた。わたし自身は、あまり勤勉な教師とも言えず、また、そういうやり方に疑問がないわけでもなかったので、二十五人のＡクラスの子供たちに同じことを教えていた。しかし何年か子供たちを教えているうちに、伸びてくる者と、興味を失う者との差はかなり大きくなり、また、外国語といった教科の場合は、言語に対する特殊な才能、またその子供の文学性その他の資質もまちまちであったから、大きなクラスでは個性を尊重することは難しいと思った。わたし自身は自分が教育者に向いているとは思えないが、教師と子供との個人的な接触から生まれる相互信頼、愛情など、人間的なかかわりあいこそが教育の最も大きな要素であると痛感し、教育は本来、個人教授が理想かもしれないと思ったりもした。

わたしは常に子供たちに公平な愛情を注がねばならないと異様なまでに神経を使ったけれど、子供たちにはあまりにも気質の相違があって、多くの子供を形の上で一様に扱うのは大層難しく疲れることだった。

また、わたしは戦前の高等女学校の年齢から寄宿舎に入っていて、大学・津田塾でも四年間寮生活を送ったので、学校の教室以外の寮の中で年齢の違う人たち、つまり上級生や下級生と一緒に生活することで、子供たち同士でお互いに学ぶものが非常に大きかったと思っている。だから、この経験から言えば、あらゆる人間関係は一対一の純粋に個人的なかかわり合いよりは、複数の、年齢や性格や能力の違う人たちが親しく触れ合うことでよりよい展望を見出せるものだとも思う。多分、人間という種のあり方がそもそも、ある程度群棲し、同時に個を主張しつづけ、他者の個をも認めることで生きのびて来たものなのであろう。

まあこんなことを含めて梅子は教育者として立つための貴重な体験を得た。七月半ばに学校も終わり、ほっとした梅子は、自分で働いた三十円のお金の中から、何かアデリンに送ったらしい。

………ささやかなものですけれど、私自身が働いて得たお金で買いました。全部で三十円でしたが、そのうち七円は人力車代に消えました。それから母にも何か買い、自分のものを買ったり、日本語の先生の授業料を払って、残りは僅かになりました。それで絹地でも買って何か作ろうと思いますが、まだ決めたわけではありません。濃い色の絹ならばどの季節にも使えるので、そうしようかと思っているのですが……。

一八八三年七月十五日

夏休みに入って牧師館の外国人たちに誘われ、梅子は富士山に登った。その頃の日本の女性には珍しいことだったが、長い人力車、カゴ、船、徒歩を混じえ、ひどい田舎の宿や山小屋にも泊まって、箱根の温泉や江の島にも行き、日本で最初の長旅をした。

富士山は強力《ごうりき》を連れての登山ではあったが、外国人の男女二人と同行して、八マイル——一・六キロ——の急な坂を登り、平地では一度に十数マイル以上歩いたと言っているから、まあ健脚と言わねばなるまい。一週間ばかりの旅であった。旅の記述は当時の風俗がよく描かれていて面白い。

八月二日

……一週間ばかりの、短い割には高くついた旅でした。外国人と一緒だといちばん高いところに泊まることになり、荷物を運ぶ人足たちは外国人と見れば騙《だま》して日本人に求める三倍もふっかけます。日本人でも洋装しているだけで支払うものは高くつきますが、楽しい旅でした。

誰も日本語がろくにわからず、旅館では、私が大方交渉しなければなりませんでした。着替えにはカーテンを使ったり、寝るには一部屋を二つに分けて寝ることもありました。日本では汽車や急行馬車がないので、旅行は大変で、荷物はすべて人足に担いで貰うしかありません。私たち自身も背をかがめて乗り込み、膝を組んで坐る妙な乗り物（カゴ）に乗るか、歩くかです。

この乗り物は二人の人足の肩に担がれてどこへでも行けるわけですが、彼らは大変抜け目がなく、交渉で騙されないようにするのは一仕事です。特に、ほかに誰もいないと足もとを見られ、ふっかけられます。下劣で無知なやり方です。

衣裳と言えるかどうかわかりませんが、彼らは腰の回りに細い布をつけているだけで、涼しそうです。歩くこともありましたが、大部分の道程には七、八人の人足が従いました。富士では麓の村から四人を頂上まで連れて行きました。

山は最初は数度の登りですが、上の方は四十五度にもなる大変な径《みち》です。四マイルばかりは乗り物に乗ってもよいのですが、その後は誰も乗れません。乗り物は鳥居を通り抜けることが許されないのです。富士は聖域で、巡礼は歩かねばならず、急な山径を十六マイル歩きました。四、五マイルばかりは径も良く、美しい木や花がいっぱいで、キイチゴやサクラや珍しいシダがたくさんありました。

少し押し花にしたので、機会を見て拾った熔岩と一緒に送ります。良い径を過ぎると、大きな熔岩地帯になり、そんな径を八マイルも歩いたのですよ。森のあとにはまず灌木が現れ、だんだん何もなくなって、石と柔らかい熔岩の砂となり、想像もできないような荒涼としたところになります。

雲が周りに立ちこめ、すぐ脇で雷が鳴っています。夜は六合目で泊まり、頂上は十合目というわけでした。小屋は粗末な石造りで、板の上に広げた布団に寝ました。人足は一隅に一塊に、男性と女性はそれぞれ寄り合い、凍るような寒さに疲れきって抱き合うようにして寝ました。煙突のない炉で燃える薪の煙で部屋はいぶされていて、全くひどいものでした。

水は雪を溶かしたもので、コップ一杯に一セントとられます。山の上では食べものが少ないのですが、友人が幸いたくさん持って来ましたので、充分食べられました。歩くときはブランデーとお茶の葉で力をつけました。

翌日は未明に出発して頂上へ向かい、夕方には麓に戻りました。私はしょっちゅう二人の強力に押してもらったり、杖の一方で引っ張ってもらったりしました。あるときは荷物を全部置いて岩に這い上がったりしますが、もしそこから転がり出したら止まりそうもないようなところです。

噴火口は素晴らしいものでした。その凄まじい様子は、東京から眺めていた富士の感じとは全く異なります。遠くから見ればとてもなだらかで、おだやかで綺麗な山ですのに。こんなに壮大なあらあらしさがあるとは思えませんでした。

下りるのはとても面白かったけれど、危険も伴いました。足を踏み出すと、靴の上まで柔らかい砂と砂利の中に潜ってしまいます。そして二、三歩は滑り、次に出す足はもっと滑るという具合です。まるで氷の上にいるといってもよいくらいですが、違うのは埃が舞い上がり、傷がつくほど顔に何かがとんで来るといったことでしょうか。私は助けてくれる強力につかまっていましたが、進む後から石が転がることもあって、大変危険でした。

帰りは登りとは違う道をとり、美しい湖を横切って、その夜は箱根に泊まりました。箱根は外人たちの夏の避暑地で、周りの山々がとても美しいのです。それから熱海《あたみ》に出ましたが、ここには自然の間歇泉《かんけつ》があります。湯が一定の時間を区切って噴き出しますが、理由はわかりません。来ていた外人の一人は世界でも際立ったものだと言いました。海のすぐそばで、間歇泉のまわりに熱い湯がたぎっています。水が地下の通路を通ってやってくるにしても、いったいどうやって加熱されるのか。

べつの温泉でもひとときを過ごし、大きな浴槽に溢れている湯でながながと軀を伸ばせ、浴後の気持ちは素晴らしいものでした。

熱海から船で江の島に出ましたが、ここはお寺と洞窟で有名です。でも私たちはここですっかり船に酔ってしまいました……。

まあ、こんなふうに、日本のもの珍しい風景に目を見はっているさまが生き生きと目に浮かぶ叙述である。富士登山の情景など、現代の日本人がインドや南米やアフリカなどで登山を企てたりすれば、現地の強力の助けを借りるしかないのであろうが、大方こんな様なのであろうと思ったりする。

とにかく、梅子はこの旅の間、ブロークンではあるが、日本語で外国人の友人たちのために通訳し、どうにか話を通じさせるまでになっていた。それでも、彼女は日本人たちに外国人扱いされ、時には旅券の提出を求められたこともあったらしい。

一方彼女は英語の力が退化することを恐れて、意識的に英語の文章を書き続けるのを自分に課しているらしく、この頃のアデリン宛の手紙は数日置きに一回の分量が数枚から十枚にも及ぶ長文のものである。

父の仙はこの頃、東京にいる多くの朝鮮の友人たちのすすめで、朝鮮政府からの誘いもあり、朝鮮へ旅をする。新しい西洋流農学者としての仕事に絡んでの話だろう。仙の朝鮮旅行の話や梅子自身の日本の旅行の話などをランマン氏宛に送って、アメリカの雑誌に仮名で発表したりもしている。これはチャールズ・ランマンが梅子の文才を認めて、また多少の収入にもつながるようにとの好意から雑誌社に売り込んだものであろう。前述の文章以外に富士山の旅については話を面白くするために、彼女自身のことや同行した友人たちについて、名前や立場を変えて書いたものを送ったらしい。

……主人公は男か女かわからないようにしてあります。日本人で女が書いているとなると、すぐ私だとわかってしまいます。あなたは私が人びとのことをそんなに気にしているのをおかしいとお思いでしょうが、日本人も外国人も含めて、私たち三人の帰国女性の挙動、生活、習慣や振る舞いをじっと観察し、私の批判や言葉を常に批判しようとしているのです。

この用心深さは梅子の生涯を通じての態度で、後に私塾を創立したときも、用心深すぎるほど日常の言動には細心の注意を払い、革命的に大胆な企みと夢を実現するためには、保守的な態度でことにのぞみ、世間のそしりを受けないようにすべきだという考えを梅子は持っていたように思われる。

もし、こんな旅行記で十ドルか二十ドルの原稿料でも払ってくれるようなら、それで日本では手に入らないような何か小さいものでも買って送って下さいますか。……アメリカで稼いだお金を使うのは楽しいことですが……正直に働いてもなかなか相応の支払いが貰えないものです。大変な労働の後に手に入ったお金がたった数円だったとき、こんなにお金が貴重で尊いものだとは思わなかったし、誇りも感じました。もし書くことでお金になれば、もっと素敵なことです。でも、私は楽観論者ではありません。

私は繁に小さな銀のスプーンを買ってあげたいので、もし原稿がお金になるなら、それであまり高くないのを買って下さい。どれくらいするでしょうか。三ドルか、あるいはもっとかしら。繁はとても親切で、家にいつも招いてくれるので、何か贈りたいのです。

文中、お金のことが見えるのは、六週間、学校で教えたときの報酬のことである。このことにはミッショナリーへの非難がこめられていて、梅子はかなりはげしい調子で不満を述べている。

九月三日

先週、勤めていた学校の先生の一人から手紙を貰い、できれば次も契約を更新して教えないかと言われました。いろいろ考え、………返事を書いて、一年とは言わず、もっと短くてもよいか、もし他の仕事が見つかったときに拘束されることはないかと訊きました。

返事は、期間は私の希望に合わせるが、教える時間や待遇は従前通りということでした。何度も何度も考え、………すんでのところでひき受ける決心をするところでした。

でも、冬のどんな天気のときでも、急いで長い道を人力車に乗らねばならず、午後のいちばん良い時間をとられ、人と会って愉しむ機会もなくし、それに対する報酬が月に十五ドルしかないというのは割に合わないのです。

毎日の仕事で疲れて、日本語を学ぶ時間もなくなりますし、自分の時間もなく、着物を縫うひまもなくなるでしょうし、考え直して、父が不在なので家人と相談の上、仕事がきつすぎるからと断りの手紙を書きました。

S氏（ミッショナリーのアメリカ人？）は「ミッショナリーの仕事なので安いのは仕方がない」と言いましたが、本当に低い報酬だと思います。ミッションという言葉に腹を立てています。もしミッショナリーというものがこういうことなら、私は一セントたりとも寄付しません。この日本では生活費が安く、食糧も労働力も豊富なので、ミッショナリーは本国よりもずっとぜいたくができます。

そんなふうに、寄付されたお金でぜいたくに暮らしている人たちをミッショナリーといえるものでしょうか。彼らは自分たちの収入は高くないと言いわけするかもしれませんが、貰いすぎています。

では、いったいどうしてそのミッショナリーの学校にいる子供たちの教室や食事はあんなに貧しいのでしょうか。下層階級にふさわしい暮らし方を与えているとでも言うのでしょうか。ぜいたくな聖職者と称する人たちは三度の食事とデザートをとる代わりに、生徒たちの面倒見をもう少しましにする気はないのでしょうか。彼らの常識や宗教や慈善は、私たち下の者には届かないというわけでしょうか。

私の弟の学校はメソジストですが、百五十人の生徒を入れる寄宿舎、講堂、食堂、教室などの他に先生用の五家族の入れる三棟の家屋があります。この教員用の家は、それだけで生徒のためのものより費用がかかっているのです。全部がまとめてアメリカに報告されてしまうのですが、そのお金の大部分は先生のためのものなのです。

エレガントな住宅、高い天井やポーチやバルコニーなど、あらゆるぜいたくな住居のためです。宗教の話をソフトに話したり、パンフレットを配ったりするとき、彼らの良心の妨げにならないのでしょうか。

目が見えないんでしょうか、彼らは。私はちゃんと目が見えますから、ときには彼らから離れていたくなります。宣教師、教授、顧問、弁護士、教師などの外国人から私は離れてもかまわない。私は正直な生き方をしたい。

心が鎮《しず》まっているときは、考え直して、自分の小遣いを稼がなければと思いますが、私の交渉している人は、私にもほんのちょっぴりしか払うつもりがありません。彼らの一人が帰国するのでその代わりをしろということですが、その帰国する人は自分の部屋をあてがわれ、その費用も貰っていましたし、私のように毎日人力車に乗って学校に通う必要はありませんでした。

彼女は最低月に五十ドル貰い、――多分七十五ドルは貰っていたはずです。それなのに私には十五ドル、約二十円しか出さず、そのうち五円は人力車に消えます。そして、彼女と全く同じ仕事をさせられるのです。誰かがその差額をものにしているに違いありません。そう思ったので、この話は断りました。

他の人には黙っていて欲しいのですが、L氏（梅子が信頼しているらしい梅子とアデリン共通の知人のアメリカ人らしい）には私の考えや、弟の学校では生徒にお金を使わずに、スタッフの住居に多額のお金を使い、それを日本人がどう思っているかお伝え下さい。立派な例外がないとは申しませんが、こういうことは人間の性質というものに対する懐疑を持たせます。もちろん、外人の中には社交の上で好感の持てる人はいますが――。

梅子の憤懣には肌から立ちのぼってくる熱気が感じられる。梅子の文章は、かっとして一気に書きなぐる勢いのある箇所が秀抜であるが、同時に細心の注意と、理性的で知的な調整がいきとどいて、チャールズ・ランマンがその文才を買ってアメリカで売りこもうとしたのは頷ける。

日本のミッショナリーに腹を立ててはいるが、キリスト教そのものの神には安息を見出し、アデリンとの手紙のやりとりでお互いの消息を知り合うのも偉大な神の手の中に自分たちがいるからだと、梅子はべつの日に書いている。神の恩寵の欠如を感じることもあるが、神に身を委ねるのは心地良いことだし、もし信仰を失い、無神論者になったら、この世はどんなに空しい暗いものになるだろう、とも言っている。

梅子はアデリンに小さなプレゼントを贈ったり、人力車に乗った写真を撮って手紙に同封したり、捨松の結婚の用意について女の子らしく見聞きするものについて語ったりもしている。彼女はすべての日常性に素朴でもったいぶらない反応を示し、捨松とはべつの方法で、しかしある点では協力して自分たちの生まれたこの日本の女性たちを救わなければならないという決心を固くしている。

梅子の手紙の内容は、当時の日本の状況を再現させる具象的な描写に溢れているが、こういう文章は当時の日本の手紙文には珍しいものであったろう。梅子の他の日本人の手紙に対する批評はいかにも当たっている。

……日本では、手紙で会話のように自分の考えを伝えたりするようなことはありません。文学上の偉人でも、親友でも手紙を書かないし、書いても日常のことなどこまごま書くことはありません。

重要なことを知らせるとか、お祝いの言葉、出生や死亡の通知、結婚、ビジネス、あるいは、ときどき他の家族に近況を知らせるときだけ手紙を書きます。夫婦の間でも、同じようなもので、会話の中で交わされるようなとりとめのないことは書きません。

ですから手紙のやりとりは日本人同士では難しく、英語で手紙を書く人もそれに影響されてしまい、手紙を書くのが億劫になってしまいます。これがなぜ日本人が手紙を書かないかの理由です。日本人を手紙によって、彼の人生や心を判断するのは不可能ではないかと思います。

こういう言い方は現代でも実に思い当たると思う人が多いのではないかと思うが、更につけ加えるなら、梅子はともかくとして、普通の日本人は会話でも、日常のとりとめのない雑談はしても、自分の考えはなるべく表さないように習慣づけられている。だから、手紙からも、その人の会話からも、その人の人生観、理念、心を推しはかるのは大変難しい。

「はらを割って話をする」などという言い方そのものがいかにも日本的なのであり、はらの中を見せないのが賢い人であり、愚かとは他人のはらの中が読めない鈍感さを言う。「頭が良い」とは、「想像力がある」というのと同義語であるのは日本に限らず世界共通の暗号であるようだが、自分の考えを述べる力、つまり表現力が重要な能力とみなされることに関しては、日本の表現は無言を含めて異なった基準を持っている。ある意味で、ある民族の共通の美意識が定着してしまうと、同民族間では異なった美意識への感性が働かなくなり、想像力の欠如という結果を生むことがままある。

異なった文化が混ざり合うとき、想像力の幅はぐんと大きくなり、豊かに、鋭く跳躍する。同じ頃の日本社会の観察を二、三挙げる。

……日本人は他人を訪れることはあまりしません。もし日本人に面会したいと思うなら、彼らの家で会わなければなりませんし、言葉や習慣もわきまえていなければならず、また高飛車な態度は避けて、少なくとも調子を合わせようとしなければなりません。日本人は多くの外国人に騙されて来ましたし、外国人全部に反感を持っていますから、彼らの方から外国人のところに出向くことはありません。先入観をとり除くためには、注意深く慎重にならなければなりません。

これは多分アデリンが誰か日本に来るアメリカ人を日本で力のある人に紹介して貰いたいと頼んだことへの返事らしい。アデリンの手紙は梅子の厖大な手紙の量に比べてごくわずかしか残されていないので、梅子の手紙の文面から推測するしかないが、同じようにこまめに書いたらしい。

残っているいくつかの手紙では、アメリカでの共通の友人、知人にまつわる記述が多く、日本の読者には関心が薄いと思うので敢えて引用しないが、梅子には母親に近い心情と対等な友人の愛情を合わせ持ち、常に梅子の健康を気づかい、一身上の悩みを真剣に耳を傾けて聴いている。

徳川家達《いえさと》の生母が梅子の母の姉に当たるので、梅子はときどきその御殿を訪ねている。従兄に当たる家達が留学していたから、英語で話せるのも楽しみだったのであろう。

九月十七日

……今夜は御殿を訪ねて帰ってきたところです。ちょうど英国に留学していた若主人も来合わせていて、英語で話しましたが、くつろいだ気分でした。

この小さい御殿の生活のことを目にすると、近く参内の予定の宮廷への伺候のことが滑稽で困難なものに思えて来ます。この御殿の人びとは恐ろしく狭量で、自分たちの特異な考えにこり固まっていて、まわりにめぐらした堀の外には出る気がありません。自分たちの独特の儀礼以外には教育はほとんどなく、世界のことも、自分たちのやり方を押し通すことが困ったことであるのも知りません。

この英国帰りの若いプリンスが形式や儀式ばかりの生活で、彼の地位と権威を保たねばならないのは気の毒なことです。彼はそんなやり方を好いていないようですから、これから、どんなふうになることか。

……宮廷生活の形式と儀式の中で子供が育つとは思えません。生まれてすぐ死んでしまうようです。御存知かどうかわかりませんが、先週日本では二人の皇女の死を悲しみました。それは嫡出子ではない女の子で大して気にもかけられなかったので、あなたも聞いていられないかもしれません。一人が死に、また次に一人死にました。どちらも天皇の子です……。

跡継ぎになる皇子が死ねば、どんな騒ぎになるかわかりませんが皇女の場合は、ちょっと面倒だというくらいのことです。

一方、山川捨松《すてまつ》は秋に大山巌《いわお》と結婚という段どりでその用意に忙しく、華やかな衣裳の支度などで結構楽しんでいる。夜会のドレス、結婚式のドレス、レセプションのドレス、午前、午後のドレス。洋服、和服も合わせて、訪問用の外出着、パーティー用の衣裳、下着、レース、それから家具調度品の類。そういう話を聞かされながら、梅子は自分の結婚にはますます興味を失ってゆく様子である。

当時の階級制度では、普通の人たちの近づけない上層階級の貴婦人になってしまう捨松に梅子は何を感じていたか。思わぬふうに手にした未来の自分の姿にいそいそと忙しがっているとも見える捨松に、年頃の娘として全く羨望がなかったとは言えないだろうが、捨松がその身分とひきかえに失うものも見えたであろうから、複雑な気分だったに違いない。

一八八三年五月十三日の手紙では、

捨松はすっかり痩せてしまったと最近会った繁は言ってました。心配です。気候や食べものの変化のせいか、病気の母や嫂《あによめ》の看病疲れかもわかりません。かわいそうな捨松は忙しすぎる上に、家事まで手伝っているのです。彼女はわたしたちの友情と愛情が必要なのに、将来はどうなるのでしょう。

結婚前の捨松の立場で、大山巌との結婚に踏み切ったのは、当時の家族制度で女性が独身を通して仕事を持ち続けたとしても、何ほどのことができようかと絶望したのがいちばんの理由であろう。

梅子は捨松の結婚の祝いには何がよいであろうといろいろ考えた末、洋服に仕立てられる綾織りの上等な白い絹地を贈った様子だが、アデリンがどのようなものを贈ったらよいのかという問いに対し、ドレスがよいであろうが、捨松に贈るなら繁にも同じものを贈るのがよく、どんな些細なことでも二人に差をつけないほうがよいとはっきりした意見を述べている。

繁はすでに結婚しているが、時期のことは間に合わなかったと言えばよいから、捨松に贈るなら両方に贈るか、それともどちらにも何もしないでもかまわない、と言っている。

この辺りにも、梅子の捨松の結婚に対するある種の醒《さ》めた判断と、視線が感じられる。そして、捨松の結婚が華やかであればあるほど、梅子は同じ夢を抱いていたと思っていた同志に去られ、とり残された者としていっそうの奮起心をかき立てられているように見える。

もうひとつ、同じ境遇で帰国した三人の中で、梅子が敢えて結婚を夢みなかったのは、津田仙という西欧的思想を持つ進歩的な父親と、その影響下にある家族の者たちにとり囲まれていたからこそとも言える。少なくとも何度も手紙の文面に見えるように、梅子はその家庭の中で、世間一般の日本の女らしいやり方を要求されていないし、家族の者たちは、もし本人の意志ならば、今までになかった新しい女性の生き方を梅子に期待していたかもしれないのである。そうでなければ、どうして十二年前、満六歳の梅子を異国に送ったりすることを考えついたであろう。

仙の西洋農業の仕事は一時は大層な人気だったが、梅子の手紙によると、そのうち下火になって、大家族をかかえて、経済的にも大変な時期があったらしいが、ともかく生活費にこと欠くということはなく、津田仙が発刊した「農業雑誌」は明治九年から四十年の余も続いている。

仙は自由主義的経済企業としての農業を夢みた人らしいが、その後の日本農業の在り方は封建的なものからなかなか脱け出せず、必ずしもその道を辿《たど》らなかった。

第六章　招かれて

帰国して大方一年経った頃、一八八三年の天皇誕生日（十一月三日）、井上外務卿の官邸で開かれた夜会の席上でなつかしげな微笑を浮かべて近づいて来た紳士があった。それは十二年前梅子が満六歳のとき渡米した船に岩倉具視の副使として同乗していた伊藤博文だった。

一八八三年十一月五日

招待者は限られた有名な人だけで千人くらいが出席しました。……井上夫妻はもちろん客を迎えに立っていました。金色のレースで飾った正装の官員さんたちを目にするのは初めてでした。軍人も役人も金モールで飾り立て、婦人のドレスも見事でした。とくに興味のあったのは宮廷の婦人の服装で、昔からの正式の宮廷着で、珍しく、非常に美しいものでした。中国大使夫人の衣裳もとても目につくパーティードレスでした。

広い部屋ですのに、人が多くて、一度挨拶した人にもう一度会うには三時間もかかりそうな混雑でした。ダンスもありましたが、踊ることもできないくらいでした。外であ りとあらゆる花火をあげていましたが、寒くて外に出てまでよく見る気になれませんでした。花火にもまして美しかったのは夜空の満天の星の光でした。

………私のところへ近づいて来て、驚かせたのは伊藤氏です。「覚えていますか」と言われて、初め、全く思い出せませんでした。困っていると、「伊藤ですよ」と言われて、やっと思い出したのです。彼は今や大変出世をしてしまいましたので、忘れてしまったのかと言われて、おろおろしてしまいました。


女子留学生として渡米する振袖姿の五人の少女たちの姿は当然、伊藤ら使節団の者たちの眼に焼きついていたであろうし、そのとき最年少だった津田梅子が十一年の留学を終えて帰国したことも伊藤は聞いていたであろう。

伊藤は一八八二年（明治十五年）三月からこの年の八月まで憲法制度調査研究のためヨーロッパに滞在していたが、帰国して帝国憲法の起草にとりかかる頃だった。

梅子の十二年前の記憶はおぼろだったが、伊藤はこの革命期の十余年の歳月を幼い少女の成長と彼自身の姿に重ねて感慨無量だったであろう。

その夜、梅子は伊藤から下田歌子にも紹介された。

それから二、三日後、伊藤は梅子の父、津田仙《せん》の来訪を求め、梅子を客として家庭に招きたい、そして妻と娘のために英語その他西洋の習慣礼儀を教え、通訳の労をとってでは貰えまいかという意向を伝えた。

鹿鳴館の開館がその年の十一月二十八日と目の前に迫っていたから、伊藤の頭の中には今後の日本女性が西洋人を混じえたそうした公式の社交場でどのように振る舞うべきか、また自分の妻や娘をどのように教育すべきかというようなことがあったであろう。

その夜、交わした梅子とのわずかな会話と印象がこの申し出となったに違いない。また彼の頭の中には梅子と長年の親しい関係にある捨松《すてまつ》の夫、陸軍卿大山巌《いわお》のことも当然あったのではないか。伊藤は長州、大山は薩摩の出である。捨松を妻にした大山と花柳界出身の女を妻にした自分を比べもしたであろう。

十一月三日に会った下田歌子から日本語と英語を交換で習うという話や、下田歌子の経営する学校、桃夭《とうよう》女塾で英語を教える話が伊藤の労ですすめられた。初めは午前と午後に分けて梅子は自宅から通い、昼食を伊藤家でとるというような話だったらしいが、それでは時間も足りないということで、雇いの家庭教師というのではなく、客、友人の身分で伊藤家に滞在することになった。

年の暮れを目の前に永田町の官邸、伊藤家に移り住んだ梅子は、日曜日毎に麻布の自宅に帰り、クリスマスにはツリーを飾って、伊藤嬢を招いたりしている。
明けて一八八四年正月に書いたアデリン宛の手紙には伊藤家の様子が次のように記されている。

一八八四年一月四日

……粗雑なへんてこりんな日本語しか話せない私を、伊藤家の人びとはいつもとても親切に、丁寧に、尊敬するくらいの態度で扱ってくれます。ここでの生活は夢のようで、おかしな気分です。どの門も警官に守られ、外出するときも大勢のお供や警官を従えているんですよ。まあ、そんな生活を想像してごらんになって。

素晴らしい豪華な生活は私をスポイルしてしまうのではないかと心配です。食事は正餐《せいさん》にはスープ、魚、野菜付きの二種類の肉、それからデザート、更に果物といった具合です。朝は日本風洋食でごく簡単なもの、昼は日本食が出ます。随分贅沢な暮らしで、私には分に過ぎたものです。

大きな晩餐会のお話をしましょう。伊藤氏は大使や外交官を招待するパーティーを開き、私に出席するように言いましたので、私は伊藤夫人の脇に立ってお客を迎え、少しばかり夫人の通訳をしました。私は夫人の友人で通訳だと紹介され、ちょっときまり悪く、その場にふさわしくない人間のようにも思えました。

伊藤夫妻はとても親切にして下さいました。とても盛大なパーティーで三十人あまりの人でしたが、私だけがただ一人重要な人物ではなかったというわけです。

……………

いろいろな問題について伊藤氏と真剣に話しました。彼は社会、道徳、政治、知性など、あらゆる面において日本を進歩させようとしています。学校を創ることも考えています。そして、私が日本語を覚えることを。日本の女性は仕事や知識についてもっと考えるべきだと思っていますし、さし当たって、看護婦の仕事などがふさわしいと思っています。そして私がもっと日本について学び、同胞の女性を導くことを期待しているし、そのために手助けしてくれる意思と親切があるようです。

クリスチャニティーについても、初めて質問を受け、二時間近くもその話をしました。彼はキリスト教が、その道徳や教義が他の宗教よりも優れているとして好意を持ち、日本にとっても悪くないとは思っていますが、決して信仰しているわけではありません。ただキリスト教は良いといっただけです。彼はヨーロッパの旅の話をし、最後にキリスト教のことは少ししか知らないし、もっといろいろ知りたいと言いました。

嬉しいことだとお思いになりません？　素晴らしい可能性があります。何を言い、何をしたらよいのでしょうか。私はそのときもっといろいろ話をしたかったのですけれど、言いつくせませんでした。私はあまりに無知で、私の信仰の理由も説明できず、論議も説得もできませんでした。私はただ、神を信じています。もし、彼の質問に正しく答えられたらどんなによかったでしょうに。キリスト教がこの国に根を下ろしたらどんなに素晴らしいでしょう。……私は聖書の言葉を思い出し、何か機会があったとき、毎日のことが失うものではなくて、未来に育つ何かの種子であることを祈っています。……

伊藤氏は仏教徒でもないし、神道の人でもなく無宗教の人ですが、キリスト教に関心があり、多くの点で良いことだと思っていることは確かです。……とにかく私の信仰がここでは反対されていないし、種子が蒔かれていることは悦んでいただけると思います。でも、日本では伊藤氏でさえキリスト教に興味があるということを公に言うことは憚られていますし、認められないでしょう。参考のためにあなたに申し上げるだけです。驚いたことにこの家の従者にもクリスチャンがいることを知りました。彼は最近洗礼を受けたばかりなんですって。同じ屋根の下にもう一人クリスチャンがいるなんて！

梅子とキリスト教について述べることは、信仰のないわたしには困難である。ただ梅子の人間像を描くためには、キリスト教はかなり重要な要素であろうと思われる。できるだけ公平に梅子の態度を叙述するにとどめたいとわたしは思っている。

前述したように梅子は当時滞日していたミッショナリーの人びとに対して冷静に眼を見開いているし、何ごとによらず狂信的なところは全くない。十二年前、日本を出立するとき、政府から留学生たちに渡された洋行心得書には、まだキリシタン禁制の時代であったから、

「一、外国人別に加わり候うこと、並に宗門相改め候う義、堅くご制禁のこと」

といった一箇条がある（『津田梅子伝』）。

にもかかわらず、梅子は渡米して三年目、一八七三年にフィラデルフィアのオールド・スウィーズ教会で受洗している。これは吉川利一の『津田梅子伝』には、本人の意思によるとあるが、満八歳の少女にとっては、毎週日曜学校に通い、キリスト教徒に囲まれたアメリカ社会で生活していれば、子供心にキリスト教の信仰を持って生きようと思うのはごく自然ななりゆきであったと言わねばならない。『津田梅子伝』によると、ランマン夫妻はエピスコパル・チャーチ（聖公会）に属していたが、プレスビテリアン（長老派）の礼拝を良いと思うような自由さもあって、梅子をどの教会にも属さない独立教会（アッパー・メリオン・キリスト教会）であるオールド・スウィーズ教会で受洗させたとある。

梅子の洗礼には当時の対米弁務公使であった森有礼も相談にあずかっている。これはその年一八七三年の二月に日本でキリシタン禁制が解かれ、三月には外国人との結婚も

許可されるようになった時代の変遷を、周囲の大人たちが梅子自身の性情と考え合わせてとりはからったなりゆきと考えてよいだろう。

それはともかくとして、ランマン夫妻の自由主義的知識人の感性としては、預かった幼い日本女子留学生を意図的、積極的にキリスト教に改宗させようとする態度はなく、折にふれて国元の津田仙に書き送った手紙の文面にもそのことが見える。何ごともある情況で強いることなく学ぶ者の自由な選択を尊重するのが教育であるとランマン夫妻は考えていて、事実、幼い梅子の中で自由に育つものを大切にした。

そしてこの態度は後年梅子が私塾を創設するときも受け継がれた養い親の遺訓ともいうべきものとして、梅子自身の中にしかと見据えられていたように思われる。梅子自身は敬虔なキリスト教徒であり、神を信じていたが、教育者としての梅子はキリスト教的精神をよりどころに新しい時代の人間を育てるのが日本の教育界に意味のあることだと判断したのであろう。

それは十九世紀後半アメリカのキリスト教的世界で育った梅子が儒教的道徳と東洋の仏教的世界観に置かれた母国の女性の姿を西欧社会と比較して見るとき、あらためてそう選択せざるを得ないものだったのではあるまいか。女性としては当時の日本社会での妻妾を蓄えるのも当然といった風潮は、キリスト教的倫理観から言っても我慢のならないことであったろう。

つけ加えたいことは、梅子もその手紙の中で何度か触れているが、当時の日本でのキリスト教は富める階級、支配層のものではなくて、それまでのキリシタン禁制の歴史を見てもわかるように、むしろ貧しい抑圧された階級のものだったということである。そして、梅子が帰国した頃は禁制も解かれていくつかのミッションスクールも設立され、キリスト教は持たざる虐げられた階級の実感的な救いの欲求から知識層の知的救済へとひろがるものだった。

津田仙も一八七三年オーストリア・ウィーンの万国博に佐野常民らと渡欧してからキリスト教に眼を開かれ、一八七五年に夫妻ともどもソーパー牧師から洗礼を受けている。そして、息子、梅子の弟をメソジストの学校に通わせ、仙自身は西洋農学の農学校や雑誌、農機具、農園などの事業に専念した。

前述の梅子の手紙にはキリスト教の伝道者にも似た気分が見えるほどだが、前章のミッショナリー批判にもあるように、梅子は宗教家というよりはあくまで冷静な観察者であり、生涯を通じて最も大きな関心は、人間の生命そのものへの讃歌と夢想だった。

同じ日付けの手紙の中でその後の捨松の変化について述べているところを引用しよう。

……捨松は教会にちっとも行かなくなり、使命を忘れてしまったとお伝えしたら悲しまれるでしょうね。彼女は大山氏に従順で、彼が行くことを禁じるわけではないのですが、日曜日は彼が家にいる日なので、そして彼は教会に行きませんので、彼女も行こうとしないのです。私は彼女のような妻の従順さに我慢がなりません。彼女は極端に日本風になってしまいました。まだハネムーンなのですから、これがいつまでも続くわけではないかもしれませんが、彼女は受け身過ぎますし、自分の意思というものをなくしてしまったみたいで、悲しいのです。すっかり日本人で、安息日を守ることもなく日曜日のことも気にならず、大山氏が行けばディナーパーティーにも抵抗せずに行くでしょう。捨松の服装も化粧もひどく人工的になりました。みんな大山氏の気に入るためです。

こういう文章を読むと、梅子の落胆と、捨松の愛らしさが同時に伝わってくる。それはその通りであったろうと、その時代の気配が、世のさまが、ごく自然に目に浮かぶ。梅子の数多くの私信を読んで打たれるのは、何よりもその素朴なまでの素直さに知性の裏づけがあるということだ。当時梅子を直接知っていた人たちはその印象を、そんなにも有名な、外国の高い教育を受けた女性であるにもかかわらず、学識を鼻にかける高慢なところが少しもなかった、と言い合わせたように伝えている。並はずれて豊かな黒髪と端正な物腰に加えて理想への情熱を持つ梅子を、若い女学生たちは敬愛を通り越して崇拝に近い憧れの瞳でみつめていた。

伊藤が梅子を自宅に寄寓させたのは梅子のこうした品格に魅かれてのことであったろう。とは言え、一介の若い女性、十九歳の梅子と、日本の将来について本気になって論議した伊藤博文は古い制度を打ち壊した大政治家と言わねばなるまい。彼は梅子にアメリカの民主主義にまつわる本などを貸し与え、日本は過去二十年に外面的に、物質的に発展したように、今後二十年の間に内面的な成長を遂げるだろうと語り、若い梅子は、こんな問題について男性の考えを身近に見聞できるのは何とすばらしいではないかと感激している。

さて、ここでわたしは何回かのアメリカやヨーロッパの滞在、視察で伊藤ら当時の日本政府の高官たちが外国で得て日本に持ち帰ったに違いないその時代の世界の気分について考えている。

まず、梅子の滞在したアメリカから述べると、南北戦争が終わって十余年を経たアメリカ産業界は、封建的農本主義から近代的資本主義に移行した時代で、しかも多民族、多人種をかかえた異様な新世界を築きつつあった。ピューリタニズム、物質主義、ノン・コンフォーミズムといったものが入り混じった新世界開拓者の精神に溢れる伸びゆく新しい国であった。ある意味では古いヨーロッパから追われた反逆者、夢想家、持たざる者、飢えた者の理想と夢が築こうとする新天地であり、無限の可能性を秘めている、この若い生まれたばかりの国から日本の留学生が得た展望ははかり知れないものがあったに違いない。

もし日本列島が太平洋に位置しておらず、西欧先進諸国がアメリカを除くヨーロッパの老いた国ぐにだけであったら、日本の歴史はべつのものになっていたかもしれない。というより明治維新そのものが、地球を渦巻く動きの中で起こるべくして起こったものなのであろう。

梅子の養い親ランマン夫妻と同時代の北アメリカの文人としては、エマーソン、ソロー、ホイットマン、ホーソン、メルヴィル、ロングフェロー、アーヴィングなどの名が挙げられる。そうした文人たちの中にはランマン夫妻との交遊があり、梅子も直接会っている人もいる。新世界の大自然が生んだ詩人と哲学者たちである。

一方、新世界アメリカを築いてやがて独立した人びとの父祖の地、ヨーロッパには同じ時代、「世紀末」という言葉にふさわしい憂鬱と倦怠の気分が頽廃と耽美の表現を彩っていた。

フランスでは一七八九年の大革命はすでに遠い過去のもので、花の都パリは年金生活者とブルジョワジーと、娼婦と同性愛者と労働者の街で、ボードレール、マラルメ、フローベール、モーパッサン、ゾラ、ランボーが活躍していた。

イギリスでは一八八八年にジャック・ザ・リッパー（切り裂きジャック）という連続娼婦惨殺事件があり、世を震撼させている。このところ一九八九年八月、日本のテレビ画面に連日ひき出される連続幼女殺害事件の犯人の顔に百年の人間の歴史を重ね、わたしは今この原稿を書いている。

イギリスは世界に先がけた産業革命から植民地主義を保守主義の名のもとに謳歌する大英帝国だった。そして文学では、スティーヴンスンが『ジキル博士とハイド氏』（一八八六年）を書き、やがてハーディーやワイルドが次つぎに作品を発表することになる。ロンドンではドイツを追放されたマルクスが『資本論』の完成に努力していた。ドイツ、オーストリアではニーチェとワグナーが作品を発表しつづけ、フロイトが人間の精神について、メンデルが遺伝の法則について考えていた。ロシアでは一八八〇年にドストエフスキーが『カラマーゾフの兄弟』を書き、一八八五年にトルストイが『イワンの馬鹿』を書き、やがて一八九二年にはチェーホフが『六号室』を書くことになる。

そして、日本では伊藤博文がこうした国ぐにを自分の眼で見た上で、大日本帝国憲法を起草し、十九歳の梅子はそれを傍らでじっと見つめている。太政官が廃されて内閣制度ができ伊藤博文が初代の内閣総理大臣になったのは翌一八八五年のことである。文学では逍遥が『当世書生気質』『小説神髄』（一八八五年）を、四迷が『浮雲』（一八八七年）を発表する。

朝鮮には内乱が、中国、清には西太后が。インドシナはフランス領となる。

十九歳の梅子は新しい近代国家の憲法を起草する壮年の伊藤博文と向かい合い、ゆっくりと動く地球の気配をどのように感じとっていたか。このとき伊藤は四十三歳である。
さて、梅子は伊藤家に移って間もなく、明けて一八八四年一月十一日には伊藤夫人、伊藤嬢と共に、女中、コックを連れた一行で熱海に贅沢な旅をしている。半分はカゴ、半分は徒歩で途中小田原に一泊し、ある宿の別館を借り切ってここに三週間滞在した。これは伊藤夫人、伊藤嬢の英語のレッスン、並びに梅子の日本語の勉強を目的とする博文の配慮であったのだろう。アデリン宛の手紙の中での梅子の記述を引用する。

一月十三日

……英語の授業は楽ではありませんし、思うようにははかどりません。伊藤夫人は覚えが早いとは言えません。でもいろいろして下さるので、私はベストをつくさなければなりません。

この旅の費用は伊藤家が全部払ってくれます。招待というのは、日本の習慣では私の方から払うと申し出るわけにも、そのことで夫人と話し合うことも許されないのです。ですから好意はすべて受け入れて、できる限りのことを教えたり、手助けしたり、正しく振る舞うことで好意に報いなければなりません。彼らはとても親切で礼儀正しく、というより、形式的で儀礼的で、私はお客さま扱いで、堅苦しく大げさだと思うくらいです。もっとのびのびと自由にアットホームに振る舞えればと思うのですけれど、そうもいきません。彼らの表現は私に対する尊敬と親切の手段なのですから、私はそれを受け入れなければなりません。……このお返しは一生懸命英語を教えることで果たそうと思います。

彼女は他人の家族と一緒に住み、自分の一生をあらためてふり返り、アメリカと日本の違いをべつの眼で見るようになっている。とくに子供と女性の問題を考えることが多く、かつてのランマン家での世間の荒波から守られたペットのような幼年時代をなつかしんで、現在の親切には扱われても、敬遠気味に距離を置いた異邦人のように孤立した暮らしを比べている。

けれど、幼年時代は幼年時代として、いつまでもそこにとどまるわけにはいかないのが人生なのだから、自分のような特殊な運命を辿った者の青春には、その運命からひき出される若々しく、楽しい試みがあるはずだから、悩まずに、昔を思い出しながら未来の夢に向かって進もうと決意している。そしてランマン夫妻にまさる友人は自分にはないが、伊藤氏は良き友の一人だと述べ、そのような秀れた友人にめぐり逢うチャンスに恵まれた自分を幸運だと繰り返している。

二月に入って伊藤夫人や子供たちが次つぎに病気になり、とくに伊藤夫人の病気が重く、リューマチで顔が腫《は》れ上がり、炎症がひどくなった。東京と電報のやりとりがあって、博文は東京から抱えの医者を連れて駆けつけた。

博文の到着で熱海の宿は騒然とし、訪問客が絶えず、護衛のための四人の警官や大勢の従者たちでごった返した。来客によっては伊藤嬢は日本の習慣に従って給仕のため客に侍らなければならなかった。

二月十一日

……まだ熱海にいます。伊藤夫人に子供たち、伊藤嬢が次つぎに病気になり、とくに夫人のは重く、リューマチで顔が腫れ上がり、ひどいものでした。東京と電報のやりとりがあり、三日前に伊藤氏が抱えの医者を連れて来ることになりました。ここにも医者はいるにはいますが、とにかく救われた気持ちです。

私は何の手助けもできず、しようとしても却って邪魔になるのではと恐れています。この暖かい熱海も東京で降った二、三フィートの雪の余波でいやな天気でした。出発を延ばしているうちに夫人の具合が悪くなり、二、三日前に伊藤氏が医者と一緒に着き、天気も回復しましたので、ほっとしています。……伊藤氏の到着で夫人の病状も回復し、数日中には横浜に向かう汽船で帰ることになると思います。夫人の顔は膨れて、片目が潰《つぶ》れるくらいでした。

伊藤嬢の方は軽くて、十日ぐらいぐずぐずして、一週間ばかり寝ていましたが注射の影響らしいです。私は無事でしたが、使用人にも病人が出て、熱海としては異常な天候でトラブルだらけでした。……」

伊藤氏は四人の警官と従者を連れてこなければならなかった上、訪問者が絶えません。今は八人の来客が二階で食事中で、伊藤嬢は日本の習慣に従って給仕のために上がって行きました。一ダース使用人がいても、その家の娘が果たさなければならない義務なのです。大官の娘がそんなことをしなければならないのはおかしなことですが、日本の習慣で我が家でも同じことをさせられました。

こうした習慣には筆者にも少女時代の同じような記憶があって、屈辱的な気分で「いやだ」と反抗したことがあったのを覚えている。わたしの少女時代、幼年時代にはたとえ手伝う人がべつにいても、その家の娘は招いた客たちの話相手をさせられる慣習がまだ残っていた。つまり当時の日本の食事では、一家の主人の妻や娘が主人の客と同席して対等な形で同じ膳につくのではなく、給仕などしながらそばに侍ったものだった。

こういうやり方がだんだん失われて、女性の給仕という形ではなく、男女の同席が普通になって来たのは、やはり西欧の礼儀が導入されてからのことであろう。現代、使用人なしに招いた客たちと一緒にカップルの両方が坐ったままで食事を続けるのは不可能だから、食事の途中で女性が何度も席を立ったり坐ったりすることになるのは、普通である。そういう場合主人側の男性も同じように立ち働く形は西欧では一般的になっているが、日本ではまだ男性の動きが少ない。それが家庭でのエンターテインを気軽なものにしないいちばんの理由であるようだ。

日本ではカップルの双方を招き合う習慣は定着していないが、今後、女性が外で働く割合が多くなれば、家族同士の社交がどのような形に移行するか興味のある問題である。男女とも職場の友人の配偶者には無関心、無関係であるほうが気楽だという考え方があるが、家族主義的な生き方も、地域社会的な生き方も薄れている状況では職場と私的生活との極端な区別は孤独を助長するものとなるだろう。

さて、伊藤は一家が熱海から東京へ引き揚げるときには、沿岸を走る大きな汽船を無線でとくべつに熱海に寄港させている。権力がこういうことのできる時代があったわけだ。

船は横浜に着き、列車で東京に戻り、翌日梅子は麻布の自宅に帰り、捨松にも会いに行った。伊藤家に滞在中、梅子は毎日曜日週末は自宅で過ごしている。

梅子は熱海での饗応に加えて伊藤から一月の報酬と新年のお年玉として二十五円を貰い、それは半年前メソジストの学校で教えたときの報酬に比べると遥かに気前のよいものであった。その上伊藤夫人は東京に帰るときは梅子の家族や妹たちにまで土産を持たせている。

けれどアデリンは梅子が他人の家に家庭教師として住み込むなどということは哀れだと書いたらしく、その返事としての三月九日付けの後便に梅子はその心配を打ち消して、

……私はほんとうに祝福されていると思っています。心配することは何もありません。私は働かなければならないし、教えることが好きなんですから。今はこの大きな優雅な家で、大勢の使用人や寛大な友人たちとても素敵な時を過ごして、喜ぶべきことなんですよ。先生として尊敬され、私の年としては過ぎたことではありませんか。そう思って、できるだけのことはしているのです。どうして心配なさるの？　私のために喜んで下さい。

と書き送っている。

伊藤家での梅子のスケジュールは、学校のある日は七時頃起きて、三十分で衣服を整え二人の伊藤嬢と一緒に母家に行って朝食をとる。家人はこの大分後の時間に朝食らしい。八時過ぎに学校（下田歌子の）へ出かけ、着くのは九時。下田歌子に英語のレッスンをし、代わりに梅子は歌子から習字、日本語を習う。

それから学校の三つのクラスで三十分ずつ教え、十二時きっかりに止めて伊藤家に戻る。昼食をとり、その後伊藤夫人、伊藤嬢二人を教えたあとは自由時間だが、間もなく

夕食である。夕食は談笑と共にゆっくり時間をかけて、そのあとはパーラーの暖炉のそばでまた雑談する。自分の部屋に帰れば本を読んだりもできるが、ときに応じて英語その他を教えることもあるし、ボタンがとれたのもなかなか付け直す時間もないほどである。

十時過ぎに入浴し、ときには伊藤夫人と一緒に十二時過ぎまで博文の帰宅を待つこともあるが、翌朝が早いので梅子は先に寝ることが多い。

火、水、土は学校に行かないが、そのときは午前に伊藤嬢を教え、水曜は午後絵の勉強（捨松が日本画を習いたいというので伊藤が先生を紹介し、ドイツ公使館の若い婦人、アメリカ大使の令嬢らも一緒に毎週水曜日クラスを持った）。

学校、上流家庭の子女の多い歌子の桃夭女塾の生徒の中には井上外相の二人の娘、野村逓信相の娘などがいた。

また伊藤家にいることで梅子は当時の政界の実力者たちや、その他歴史に残っている当時の重要人物たちの知遇を得る機会も多かった。アメリカ時代にも世話になった森有礼はその頃文部大臣に就任して、森夫人は伊藤夫人を介して梅子に英国から帰国したばかりの二人の男の子に地理、英語のスペリング、リーディング、文法を教えて貰いたいと頼んだ。

二月二十八日

井上氏が帰国してまた外務省のヘッドになり、伊藤氏は辞めることになります。内閣の改造がどうなるかはまだわかりませんが、多分森氏は帰国して吉田、大山、伊藤、西郷氏らと共に主要なポストに就くでしょう。いずれも私がアメリカで知り合った人たちです。

伊藤は、翌一八八五年（明治十八年）十二月内閣制度を設け宮内大臣と内閣総理大臣を兼ね、名実共に日本の実力者といってよかった。梅子は日本が期待しているその実力者の家に客分として滞在し、その日常に接する幸運を喜び、それを誇りに思っている。

「伊藤氏は今日本でいちばん有名な人で、私はGreat Friend（偉大な友人）を持っていることになるのです。この機会から何が起こるかはわかりませんが、何も起こらないとは思えません」と梅子は一八八四年五月二十四日付けの手紙の中で述べている。

鹿鳴館でのパーティーに招かれて梅子は、何通かの手紙の中に着ていくドレスのことや付き添い役の心配をしている様子が見えるが、実際の舞踏会の具体的な描写が、他の手紙に見られるような生き生きとした記述に欠けているのはどうしたわけであろう。

一八八五年三月七日

……九日の舞踏会に着ていくために古い白のクレープのドレスを繁子が親切に直してくれました。幅が広くて腰当ての付いている形は古くなったし、どう直したらよいものかと思っていたのを、繁子が持っていらっしゃいというので、持ってゆくと、私が学校に行っている間に直しておいてくれました。………明日これを着てパーティーに行くつもりです。古くて汚れていた割には素晴らしく見えます。

三月十日

父と一緒に鹿鳴館には九時過ぎに着きました。捨松は支那の黄色いブロケードの服を着てとても素敵でした（この舞踏会は大山夫妻が巌の帰朝を祝って、八百人を招待して催した。梅子は新年に貰った絹で新しい衣裳をつくるつもりだったが間に合わず、前述のようなことになったらしい）。たくさんの優雅な服装に溢れていました。

………

………フロアーは素敵で、音楽もよく、食事も豪華でテーブルは一杯でした。外は灯がともされ、電灯は日本人には全く目新しいものでした。朝鮮や支那の外交官たちには奇跡のように見えたらしく、目を丸くしていました。

私たちは、途中十二時半に帰りましたが、終わったのは一時間後ぐらいと思います。晴れた夜でしたが、三月にしては寒く、凍えそうでした。風邪を引かずに済みそうでほっとしています。捨松はあちこちの客に気を配り、客を迎えるときは二時間くらいは立ち続けていたでしょうから、疲れたことでしょう。今週は出席した人たちが彼女のところをまた訪れることになるのでしょう。

夜遅く帰り、今朝はとても眠かった。それでも学校がありましたから、いつもよりちょっとたくさん寝過ごしたくらいです。今夜はすっかり疲れて足は痛むし、早く寝たいものです。……時間がたくさんあって、余裕のある人でなければ、年中パーティーに出るのは割の合わないことです。

同じ頃のアリス・ベーコン宛の捨松の手紙には、もちろん鹿鳴館のことは何度か見える。捨松の手紙には陸軍卿という地位にある夫を持った若妻にふさわしく、他の重要人物の夫人たちや、内外の人物たちへの批評も見られるが、それもごくあたりさわりのないもので、だんだんと口実をもうけて出席しなくなる感じが読みとれる。

独身の若い女性、梅子の立場としても、華やかに、自分の将来への展望と夢を誘うものとして映らなかったのではあるまいか。

実のところ、梅子が鹿鳴館をどのように見たかはわたしの期待の一つであって、胸をときめかせて、その辺に触れる描写を探してみたのだが、梅子は意識的にその部分を省いているようにさえ思われる。そして同じ頃の他の記述で、外国人大使やその夫人の中にあるもったいぶった貴族趣味と高慢さにあらわな嫌悪を示し、まあ、自分はそういう場所に居合わせる場合は、昂然としているしかありません、といった表現が見られる。外国の大使たち、ヨーロッパからは貴族階級出身の人が多かったのであろう。

それにしても、馴れない洋装で疲れ果て、へっぴり腰で不様に膝を開いてうずくまる鹿鳴館舞踏会の日本婦人を描いたビゴーの挿絵はあまりにも有名である。

だが、それらの絵を見ると、わたしは思い上がった当時の西洋の芸術家たちに落胆する。嘲笑のみがあらわで、日本人の悲哀を文学的に表現する力に欠けているからである。

どんな時代にも先進の武力を持った国は、後進の国から盗んでいる。その盗んだ財力で後進国で植民地の執政官めいた暮らしをすることが先進国の人間には許される。今日、日本人が第三世界の国ぐにでどんなふうに暮らしているかを考えたらよい。その日本人が、その国の人びとの生活を描くとしたら、どういう態度で表現するかで、その作品の命の長さがきまる。

明治の日本に滞在したヨーロッパの外交官たちは、かりに彼らが貴族であったとしても、どのような高貴《ノーブル》な笑いを浮かべて日本人をみつめていたのか。

わたしは今スペインの画家ゴヤの描いた鏡の中に自分の姿を映す貴婦人の猿の姿を思い出しているが、その姿は必ずしも鹿鳴館の日本婦人にのみ重なるわけではなく、むしろ、その姿をしらじらと見ていたに違いない西洋婦人にも重なるくらいである。そしてその画像は現代、未開、後進と言われている国で、植民地の執政官めいた暮らしをしているかもしれない日本人に再び重なってしまう。

当時在野の新聞の中には鹿鳴館通いの政府高官や夫人連のスキャンダルを面白おかしく書き立てたものも多く、伊藤は女性問題では常に槍玉に挙げられる人物であった。鹿鳴館に出入りする女性とはべつに女性関係は賑やかで、夫人は夫の情人たちを決して家庭には入れなかったがその子女をひきとって養育したと伝えられている。これらのことを梅子がどの程度知っていたかはわからないが、少なくとも女性の眼でそれらの風聞と目の前の人物を見くらべていたには違いない。

………伊藤氏は西欧的な考えを持ちながら、彼自身は道徳的ではありません。彼は東京の家では洋館の二階に住んでいます。私は洋館にいても詳しいことはわかりませんが、よく外泊するようです。このことを知っているのは召し使いだけで、伊藤夫人は知っていながらあまり気にしていないようです。適当にやっていて、放蕩とまで行かなければ、悪いことだとは思われていないのです。

私にとっては我慢のならないことでも、長い間、男性は結婚して妻を持っていて、その他に二号さんを囲うのはあたり前だと思われて来ました。そういろいろなことが急に変わるはずもありません。

二月二十六日

新聞に伊藤、井上（馨）の両氏が宮中で天皇が十二人も妻を持つのを法的に許す習慣には反対で、そうしたしきたりは止めるべきだと言ったことが出ました。そういう抗議の声が、自分たちの行状もいつかは改善されるらしき人たちの間から起こったというわけです。

梅子の表現にはユーモアとウイットがあり、ストレートなようで想像力を刺激しながら、そ知らぬ顔でうそぶく知性と、優雅さを逸脱しない端正さがある。

彼女は伊藤夫人にアメリカの習慣についていろいろなことを話したり、伊藤嬢と同室に寝起きして話相手になったり、当時まだ一般の人たちには珍しかった洋装の相談にのったりしている。二人については次のようなコメントがある。

………伊藤夫人は子供に対してとてもよい母親です。幸せな家庭で、子供たちは母親の言うことをよくきき、小さな方の女の子はアメリカの子供は恥ずかしくなるだろうと思うほど素直です（上の娘以外の子供たちは夫人の生んだ子ではないとされているが、梅子はそのことには触れていない）。彼らは自分たちの間でも親に対しても礼儀正しく、敬愛の念にみちていて、礼儀作法のモデルといっても良いくらいで、時には驚いてしまうこともあります。彼らは父親を尊敬し、父の言葉は法律でもあり、父の過ちや不道徳はあったとしても大したことはない問題です。

ああ、男性の過ちはそんなふうに見逃され、女性はどうなのでしょう。女性には救いがあるのでしょうか。

…………

伊藤嬢は危険な小鼠さんで、少しわがままで、召し使いにとても辛く当たります。彼女の御機嫌をとり、満足させるのに召し使いは苦労していますし、彼女は彼らをなぐさみものにするんです。彼女は長女でどうしても甘やかされてしまっています。下の者にもう少し親切にしてやるように教えてやれればと思っています。こうした階級意識だけで人を扱い、人間の個性に対する敬愛の念がないという欠陥は、この国の欠陥です。乞食の苦難、彼らの痛みは王子と同じだということを理解するのは難しいことです。

また、梅子は日本の男性の酒の上での不作法さに驚き、伊藤が外で酔って帰宅し、そんなふうに乱れたときのさまに呆れているが、伊藤夫人はとても勇敢に正しく夫を叱ったと賛えている。当時、アメリカの中流以上の家庭では飲酒、暴飲に対しては清教徒的な厳しさがあった様子で、暴飲するのは下層階級だと思っているらしい。

三月九日

………伊藤氏は外で食事をして来たので、お酒をたくさん呑んでひどく酔っていました。こんなに酔っているのは初めて見ましたので、とてもいやな気がしました。偉い人たちがみんな大酒呑みなのはよく知っていますが、伊藤氏はきっと後悔していると思います。

………日本人はこうした抑制心のかける不作法さを大して悪いことだと思っていませんので、改善するには何年もかかることでしょう。

五月頃、伊藤がキリスト教について述べたとか、関心を示したとかいうことが世間に知れると彼にとっても梅子にとっても困ったことになるだろうといった文章が見える。伊藤が天皇にクリスチャンになるようにすすめ、閣僚も賛成だなどという新聞の記事に伊藤が腹を立て、多分、この頃から梅子は自分の伊藤家の滞在について考え直し始めている。

六月に入って鹿鳴館で開かれた上流夫人たち主催の慈善バザーでは、梅子も委員の一人となり、婦人たちに社会的な視野を持たせることが主眼であるように梅子は考えている。金銭にまつわって他人と話をしたり、ものを売る習慣など凡《およ》そないその階級の夫人たちが、バザーの会場で微妙な変化を見せ、またそうした夫人たちにすすめられると、何となく有り金をはたいて、何かを買わされてしまう紳士たちのさまが生き生きと描かれている。

六月十五日

バザーの前日私はホールのある鹿鳴館に行きました。伊藤夫人、捨松や他の夫人たちと他の仕事はさし置いて準備に丸一日費やしました。

バザーを手伝った人たちはみな自分のテーブルを必死に飾り立て、きれいなバッグや日本の髪飾りや花などを吊しました。

……バザーが開会になると、バンドの音楽と共に客たちが入って来ました。まず親王たちが会場をまわっていちばんきれいな良いものを買い、合計四百ドルもの売り上げがありました。一部は宮中で使うものです。

外国の高官も随分大口の買い手でした。………十二時くらいまで………夫人たちはとても無口で静かに物を売っていましたが、後には変化が起こりました。日本の女性たちはお金のことや値切ることなどを口にするのは恥ずかしいことで、身分の高い女性は一銭たりとも自分で触れるなどとんでもないと思っていたのですが、どうやら、われわれ少数の者のそんなことなどおかまいなしといったやり方を見ていて、自分の出品物を持ち上げて、友人たちを自分のテーブルにひき寄せ、買わせ始めたんですよ。

あなたがもしごらんになったら、夫人たちに口説かれて有り金はたいてしまう人たちを見たら、これがあの上品な本当の令夫人なのかと、とても信じられませんよ。

……誰もかもが大きな荷物をかかえて出て行き、誰か知っている人を見かけるとその人が他のテーブルに行ってしまうのではないかと気が気ではなくなるんです。気の毒に繁の兄の益田氏は有名人なものですから、どこの夫人にも捕まって買わされていました。新聞はバザーのことや夫人たちがどのようにして巧みに品物を自慢して売りつけたかということでいっぱいでした。

私たちは、自分たちのつけた値段が安すぎたことに気づいて、値段を上げ、さらに利益を上げるため、お釣りさえ渡さないことにしました。多くの男性は寛容で、気前がよかったのです。

近く、母初子がまた出産の予定であるのに、姉の琴子が夫の帰国で（梅子の義兄上野栄三郎は同志社で数学を学び、新島襄に学び、後、仙の経営する学農社で数学を教えていた縁で琴子と結婚した。その後実業界で活躍し、アメリカに滞在していた。生涯に亙って義妹梅子の私塾を経済的、心情的に助けた）家を出たので、手助けが必要だという口実のもとに六月中に伊藤家を辞することにした。

六月二十三日

……わが家は日常生活だけでも大家族で大変なのです。日本の慣習、人情として私は家に戻ることにしました。七、八月は学校や家庭教師も辞めました。残念ですが、仕方ありません。母が病気のとき、子供や家の世話もしない、心の冷たい人間にはなりたくありません。伊藤夫人も賛成です。日本では子は親に対する義務が何よりも重いのですが、娘は結婚すれば夫の家族に対する義務がありますから、親たちは結婚させた娘には何も期待できません。

伊藤夫妻は私の帰宅を止めようとはしないし、もう一度戻るように言うことはまずないと思います。若い令嬢は英語を習おうと思えば学校でできますし、洋装についてもすっかり覚えましたし、外国人の訪問客も減っていますから、私はほんとうには必要ではありません。

伊藤氏のキリスト教寄りの政策には風当たりが強く、そのため政敵も多くできましたが、伊藤氏は彼らが言うほどキリスト教に傾いているわけではないのですから、自分の家にクリスチャンの少女を置かないほうがよいと思います。私は今の状況では彼に良くないことは避けたいし、彼も私がいなくなればほっとするでしょうから、私はこう決めました。

もちろん、今後の不安はありますし、伊藤家を去るのは複雑な気分です。伊藤家の人びとはとてもよくしてくれましたし、生活は豪華でしたが、それでも形式的な距離のあるいんぎんさで、私は異邦人という感じで、自由で気楽とは言えませんでした。けれど、それは大変豊かな経験で、新しい人生にとってきわめて有用な体験であり、これを踏み台に飛躍する新しい教訓でした。アメリカの、あなたの家庭とは全く違う日本の、それも私とは階級の違う家庭をかいま見たのは得難いことで、後悔はしていませんが、今は全て終わったことと思っています。もう一度戻ることはないでしょう。

この手紙にも見られるように、梅子は常に自分の経験を貴重なものとして感謝し、将来への踏み台にしている。どういう場合も現在の人間関係をよりよい方向へ持ってゆくことを心がけ、世界の動きに敏感で、自分の志をまげずに、しかし相手の立場を尊重している。

後年、一九〇九年（明治四十二年）、伊藤がハルビンで撃たれたとき、梅子は伊藤にまつわる個人的な思い出を書き綴っている。英文で書かれたその文章は、梅子の観察力の鋭さで、伊藤の秀れた人物評になっている。

伊藤公は人間性に深い関心を持っていた。彼はその人の身分にかかわらず、訴える力を持つ人間の言葉に耳を傾けた。召し使いであろうと、女子供であろうと、耳を傾けるに価する意見を吐く者に出遭えば、追いかけてでも行って、その言葉を聴いた。後年、総理大臣といった地位についてからは、こうした機会はだんだんなくなっただろうが、少なくとも私が彼の家に寄宿していた頃はそうだった。そして、この態度こそが、政治家伊藤博文の魔法の杖ともいうべきものだった。彼が周囲の人間たちをあれほどに動かし、そのエネルギーを結集できたのは、まさにその魔法の杖による威力だった。

彼と語り合った過去の日々に聞いた伊藤公の言葉の中で、ひときわはっきりと心に刻みこまれているものがある。「わたしは宗教的な人間ではなく、未来の生活に信仰心といったものは持っていない。生も死もわたしにとっては同じようなものだ。これから先、何が起こるかを怖れたことは一度もない」といった言い方で、彼は自分を宗教心のない人間だと決めつけていたが、私に言わせれば、彼は、何と言ったらよいか、わけのわからない力（生命の？）といったものを信じていた。彼の多くの言動にはしばしば、信仰と名づけたくなるようなそうした途方もない神がかり的なものがあった。

梅子による伊藤の人物評は、もしかしたらそのまま梅子自身にもあてはまるようにもわたしには思える。つまりそのように伊藤に肩入れできたのは、彼女自身の想念に似通った時代の夢を伊藤が抱えていたということだ。

また、梅子はこの思い出の中で、伊藤夫人が結婚前の若き日、維新の志士伊藤が刺客に追われているとき、畳の下の床下に恋人をかくして、その上に坐り、追っ手が引き揚げるまで平然としていたという話も付け加えている。

そしてアデリン宛の手紙には、伊藤の死はその生涯をしめくくるにふさわしい死であったと述べ、「伊藤公の個人的な思い出」と題するこの原稿を、アメリカにいる友人、アリス・ベーコンに送り、もし適当な発表できる場があればそうして欲しいと頼んだと書いている。

その英文は津田塾大学編纂の『津田梅子文書』に収められているが、その発表文献は現在のところ不明であるということだ。

伊藤の死の翌年の夏、すでに私塾、女子英学塾を設立していた梅子は鎌倉で休暇を過ごしているとき、伊藤未亡人を訪ねた。未亡人は静かな隠遁の生活を送っていて、梅子の訪問を大層喜んで、二人は遠い昔のことを語り合った。

かつて、梅子の若い女性としての清新な生命力は、壮年の大政治家伊藤を魅きつけ、それだからこそ彼は教育者としてのその後の梅子の事業に助力を惜しまなかったのであろう。一方、破綻も多くそしりにも囲まれていた伊藤の男性的魅力は、梅子の内部世界に、時代の華、生命の塊としてくろぐろとした実在感を残していたように思われる。そして同時にその感性こそが、同性としての夫人に感情移入できる女性そのものの花芯でもあった。

第七章　待つ

伊藤家を辞して間もなく、梅子の家を下田歌子が訪ねている。初めての訪問なので、正装して土産物をたずさえた歌子について梅子はこう述べている。

礼儀正しい、洗練されたすっかり完成した感じの方です。粗野で押しつけがましいアメリカ人とは好対照です。こういうコントラストを、この国に来て日増しに感じるようになりました。

この訪問は伊藤の肝入りで歌子の桃夭《とうよう》女塾を政府所属の華族女学校と一緒にする計画にまつわることだった様子である。そして梅子は政府から給与を受けてその学校で教えることになるはずだった。梅子はそうなれば教育者としての未来も開けるであろうし、収入も安定して自立できるだろうと喜んでいる。

梅子はこのとき（一八八四年）十九歳で、その年の暮れに二十歳になってしまうことを、人生の曲がり角に来たようだと呟いている。梅子は一八六四年十二月三十一日の生まれである。

梅子は自分の人生を教育者として生きることに心を固めていた。「ああ、私が葡萄園の労働者としてふさわしい人間であったらいっそよかっただろうに」という一文にぶつかり、わたしは立ち止まっている。妙に心に残る一行だからだ。多分、彼女は日本国民のお金を使って十年の余を異国で学んだことを、今後、国に報いなければならないと思っている。この義務感めいた愛国心は、ほとんど生涯に亙って、ときにぽっぽっとあらわれる狐火のように、彼女の表現の中でいろいろな言い方で忘れずに述べられ、決して消えることはなかった。これに似た感じは大山捨松《すてまつ》のアリス・ベーコンに宛てた手紙にも繰り返し見える。梅子に限らずこの時代の精神ともいうべきものだろうか。あるいは梅子や捨松を中心に小さな輪の中で培われたものであろうか。連鎖して拡がる時代の精神があったことは当然としても、梅子が女性であったことは、国の未来を賭ける伊藤その他の男性の気概とはまた違ったものであったろう。何もかもが新しく生まれ変わろうとする時代にも、女とは男に従属するものとされていたその時代に、男性と対等な女性の地位と個性的な生き方を夢みる梅子にとって、彼女のあらゆる言動は周囲の批判に耐えねばならず、従ってその日常の内部世界は孤独な祈りで辛うじて満たされていた。

一八八四年七月二十九日

どうか、私のために祈って下さい。……私には同情は期待できないんです。群集の中で彼らと違った行動をするということは、孤独に耐えねばならないということなんです。私にとって宗教はその孤独を支えてくれるものといったらよいのかしら。私たちが、やがてマジョリティーになって、勝利する時は必ずやってくると思いますが——その日は近いことを願っていますが、遠い先のことかもしれません。

彼女は帰国して二年になろうとしているが、すでに読者に紹介したように、常に何らかの形で収入を得ているので、経済的にはほぼ自立している。これは結婚した繁子も同じで、音楽学校で教えていた。また下田歌子ももちろんその筆頭ともいうべき自立した女性で、その頃、こうした生き方ができたのはごく限られた人たちであったろう。

梅子は周囲を見まわして、女性がきちんとした自分の生き方を主張するためには、まず、何はさておいても経済的に自立することが先決であり、この時点ではその選び得る職業はごく限られていると判断しないわけにはいかなかった。そしていずれ、男子と対等な地位を獲得するためには女子教育、職業教育が必要なのだから、自分の一生は今の時点で比較的世間に容認されている教師を育てるために捧げようと決心を固めつつあった。

政府所属の華族女学校の設立には下田歌子と大山捨松が委員であった様子だが、それは歌子にはすでに今までの実績があり、捨松は大臣の妻であることに加えて日本でただ一人の大学卒業者であったことが、その大きな理由だった。

こういう例を見て、梅子は日本の未来の新しい女子教育の実際的な指導的立場で、自分の夢を実現するためには自分の受けた教育だけでは不充分であると思い始めていた。だが、ともかくもこの段階では華族女学校の教諭としての資格審査のためアメリカのアーチャー・インスティテュートの校長宛に卒業証明書や推薦書を要請している。

このとき返事の手紙が来るはずの船が太平洋の途中で燃料切れで、小笠原の島に寄港したりして遅くなっているのをやきもきしている。水夫たちが山で薪を伐って燃料を作り、船は一カ月以上も遅れて横浜に着き、梅子の待ち焦がれていた推薦状もとどき、胸を撫でおろしている。

アーチャー・インスティテュートの校長、ミセス・アーチャーは梅子の在学当時は御機嫌屋で、気分次第で生徒に当たり散らすような人だったらしく、その印象もあって梅子は推薦状を読むまでは安心できなかった。案に相違して推薦状は梅子を賞めちぎったものだったので、華族女学校の席も確立した。

一八八五年一月二十三日

ミセス・アーチャーは学校の先生のときの印象とは違い、個人としての性格はこんなに優しく穏やかなのを知り、とても嬉しかったです。送られた書類については正式の証書としてよりは今の形の方がよいと思います。……私の操行について述べているところはお世辞としか言いようがありません。

こういう話の合間には、飼っていた猫のことやら、アデリンに送ったらしい朝顔の種子のこと、父の飼っている雌牛のこと、牧草地のこと、牛乳のこと、ミッショナリーの批判、服装のこと、パーティーのことさまざまである。

梅子はジョージタウンのランマン家にいる頃、「ネコ」と名づけた猫を飼っていたらしいが、わたしはアメリカにいた頃、日本ブームで「イヌ」という名の犬を飼っていたアメリカ人を思い出している。「ネコはどうしているでしょうか。でも今は私にはペットを飼う時間はありません。叱ったり可愛がったりするのは子供たちだけで充分です」。梅子は教え子や、自分の年若い妹たちのことを常に「子供たち」と呼び、幼い子供が本当に好きで、世話したり教えたりすることが少しも苦にならない感じが伝わってくる。

この頃、伊藤はヨーロッパの国ぐにのやり方に倣《なら》って華族制度を変革した。この辺りについて梅子の表現は微妙である。

一八八四年十月七日

……朝顔が良いものでなくて残念でしたね。どの種子が斑入りになるのか、どれが普通の種類かはわからないのです。でも毎年変種が出るというわけではなく、次の代で変わるのかもしれませんから、今年の種子を蒔いてみて下さい。普通、七つに一つしか変種はできず、残りは普通の種類になるといわれています。でもその普通の種子を蒔くと、そこから変わった種類の子孫ができることがあります。

……父は雌牛を飼うことにしました。場所は充分だし、牧草地もあるし、牛乳を飲む子供も多いから、とてもよいことです。家族みんなが牛乳を飲んで肥ることでしょう。私も好きならよいけれど、こんなにたくさん新鮮なミルクがあるのに全く飲めません。母や伯母は好きではないようですが、薬のように飲んでいます。私は飲めませんがミルクでカスタードなど作るのを愉しんでいます。子供たちは牛乳が好きで、やがて肥った、血色の良い、田舎の子のような頬っぺたになることでしょう。牛はたくさんミルクを出し、ときには余ってしまいます。そばに加工所でもあればと思います。

……………

政府が公式行事における華族の服装を決めたことをお話ししましたかしら。夫人たちは宮中で着られている衣裳に似た、とても豪華な紫や赤の多い綾織りのドレス（袿《うちぎ》のことか）を着るのです。今着られているものとは全く違う宮中のドレスはとても美しく、大きな舞踏会や公式行事は華やかなものになるでしょう。こんなに豊富な材料のある国なのですから、刺繍もないような簡単な服を着ることもない、まあこんな傾向はもっと助長されてもよいというわけです。髪も今までの複雑な結い方ではなく、後ろは簡単に下げて結び、前は表現しにくいのですが、全面を膨らませてあります（おすべらかしのことか）。

伊藤夫人始めみなさんも間もなくそうしなければならないのです。このルールは新年から行われますが、新聞によれば京都の機屋《はたや》は手一杯で、予め注文しない限り手に入らないということです。

洋装も認められ、捨松や他の西洋好みの女性は洋服を着ることでしょう。……

一八八四年七月十四日

……伊藤氏は貴族制を好んでいるので、七年後に国会を開くときは、華族は多分一種の貴族院といったものを持つことになるでしょう。このクラスに充分なブレインがあるとは言えませんし、何もしない階級であることは確かです。けれど、みなが興味を持っているので、新聞もそのことで一杯です。

大臣や政府高官の人たちはみな貴族に格上げされ、大山氏も英国の count に相当する位となり、捨松も伯爵夫人ということになります。空しいタイトルで滑稽だと捨松は言っていますが、彼女にはその権利があり、事実、そう呼ばれることになります。大変立派な名目だけのものにも思われますが、とにかく西欧諸国に対して何か効果があるかもしれません。……

長い手紙で自分を吐き出したあとの気持ちをこんなふうに言い表している。

七月二十九日

…

………私は言葉の糸や、文字を紡いでこの手紙を仕上げましたので、頭の中は繭のようにからっぽになりました。これから眠らなければなりません。素晴らしい月の夜で眠るのが惜しいけれど、昼の仕事に疲れて、休息しなければと思います。

明けて一八八五年、九月から梅子は博文の口利きで華族女学校に奉職して、下田歌子はその学監となった。学習院女子部が独立して宮内省直轄の学校となったわけである。十二月、内閣制度ができ、伊藤博文が初代の内閣総理大臣に、森有礼が文部大臣になった。

翌一八八六年の正月に梅子は伊藤母娘を訪ねているが、伊藤の地位は日本で最高のものだと梅子は感じている。

……政府の人員は三分の一減らされ、給与もカットされました。良いことか悪いことか、私にはわかりませんが、政治家たちは興奮しています。日本のために良いことなら良いと思っています。……

といった言い方で梅子は伊藤を見つめている。実際、政府の人員を三分の一減らし、給料を引き下げることのできる人物は最高の権力者と言えるだろう。

この前後の日本と世界はどんなだったか。鹿鳴館が開館の運びになったのは一八八三年の十一月で、それ以後次つぎと西洋舞踏会が開かれ、政府高官たちは外国大使、公使らを饗応し、日本の女性たちは、梅子が伊藤嬢の洋装の相談役までしたように、洋装熱にうかされていた。

一八八六年六月三十日

宮中では洋装をとり入れることになり、皇后の洋服をヨーロッパに注文したのが間もなく届くということです。……

今の宮廷の服装は便利で着心地の良いものとはいえませんが、とても美しく威厳もあり、着慣れているのに、外国の真似ばかりすることで自分たちを笑いものにしています。胸のあらわな、ウエストを締めつけた日本女性を御想像下さい。英国宮廷のやり方をとり入れて、襟ぐりの深い短い袖のものを何時でも着るのだそうです。……日本の着物は素敵なのに、自分の国の良いものまで、放り出してしまうのです。

天皇家は何国語かは知りませんが、外国語も始めるそうです。誰が皇后に教えるようになっても、その人を羨ましいとは思いません。それはとても大変で、厄介なことですから、誰もすすんでするとは思えません。これらのことはみな伊藤氏がやっていることです。私には行き過ぎだと思えるけれど、そして彼にそう言ってあげたいと思うけれど、機会がありません。

仮装舞踏会は鹿鳴館ばかりではなく、永田町の首相官邸でも開かれ、多分牛若丸らしき人物の扮装を考えたりしている文面が見えるが、果たしてその役どころで舞踏会に出席したかどうかは明記がない。徳川家に仕える竹子のことか、あるいは他の伯母か、とにかく伯母の古い衣裳を借りてパーティーに出ようかと思案している。仮装でも、その他の会でも、ビゴーならずとも梅子の眼には日本の着物がいちばん豪華で美しいと映っていたようだ。これは外国人が日本を見る眼に近いから、日本側からすればいつまでも外部から勝手に思い込まれた日本的なものを押しつけられるのはかなわないという気分もある。

……天長節（天皇誕生日）の舞踏会の招待状が出されましたが、私は行きません。捨松は行かないし、繁子は行けないし、私は行きたくないのです。ひどい混み方で、楽しいものではありません。見ている分には綺麗ですけれど、毎年続けば退屈です。そうお思いになるでしょう？

年をとってくるとダンスに対する好奇心もなくなって来ますし、これからだんだん好きになりそうもありません。

皇后はときどき授業参観に梅子の教室も来訪するのに、生徒がはかばかしく朗読しないのに梅子はやきもきし、どうせわからないのだからただ堂々とすらすら読めばいいのに、などとこぼすウイットもある。

また皇太后は生徒たち全員をサーカス（イタリアから来た公演）見物に招待し、生徒たちは二百人全員が人力車に乗って行った、などという記述もある。

梅子は自分の結婚については大方諦めていた。少し前、神田乃武《ないぶ》（男爵。アメリカに留学していた梅子が帰国したばかりの頃、捨松らと一緒に演じた「ヴェニスの商人」でバッサニオを演じた。東京帝大、東京外国語学校、東京高商、学習院などで教えた英語学者）との結婚の噂があった。

最初捨松が大山との結婚前に神田から結婚の意思をほのめかされたことがあった。アリス・ベーコンへの手紙に彼と思われる好青年に恋心めいた気分も読みとれる文を捨松は書いている。しかし捨松は大山との結婚に踏み切り、梅子と神田を近づけようとしたふしが読みとれる。神田はその気持ちになったようだが、梅子は結婚よりは仕事のことを考えていて、神田も間もなく他の女性と結婚した。次の文面がその神田とのことかどうかはわからないが、梅子の気分を理解するには鍵になる。梅子二十歳の時である。

一八八五年一月二日

私の結婚の噂があるそうで面白いです。日本では私の結婚の噂が随分流れました。きっと、みんな、私の婚期は熟したし、ぐずぐずしているとすぐに婚期を逃してしまうと思っているからでしょう。そう思いたいのなら、思わせておきましょう。あなたはまさか私が誰か男の人にほほ笑みかけたなどとはおっしゃらないでしょうね。ほほ笑みかけたくなるような男の人は見当たりません。時には男の人に会うこともありますが、日本式にすましていなければなりません。

私は今の自分に満足していますし、結婚という首かせには耐えられそうもありませんし、知らない人とお見合いして結婚する気は全然ないのです。お金や身分や地位などというものは問題ではないのです。私がオールドメイドになることは覚悟なさってね。断言はできないにしても、私の結婚の可能性はきわめて薄く、不可能といってもいいでしょう。婚期はほんとうに過ぎてしまいました。探す気になったとしても、老けたヤモメくらいしか見つかりませんねぇ。若い人は残っていませんもの。悲しいこと！　日本でオールドメイドの運命がどうなるか、まあ、試してみることに致しましょう。

梅子の文章はウイットとユーモアがあり、ストレートなようで含みが多く、パラドックスに満ちている。彼女はどんな意味でも決して男性恐怖症でもいわゆる男嫌いでもなく、正常に異性に魅かれ、男性を魅きつけることのできた生命力に溢れた若い女性だったとわたしは断言してもよい。

梅子が味もそっけもない、男勝りの行動的実務家だけの人では決してなかったことは、その驚くべき豊富な話題と、素直な表現力と、情緒的な感性が彼女の文章から自然に流れ出ているのをみてもわかる。かなり感情の激しい、すぐかっとする気の短い人だったかもしれないが、直《じ》き理性をとり戻す柔軟性があり、何よりも他人の心の動きに敏感である。つまり想像力があり、従って言葉を自在に使いこなす才がある。明治の男性はなぜこれほどの女性を放っておいたのか、わたしには不可解としか言いようがない。遠巻きに、よいと思って眺めていた男性は多かったかもしれないが、もの怯《お》じしたか、梅子が強情に受け入れる姿勢をとらなかったのか、まあそんなところであろう。

一八八七年三月十六日

新聞には至るところに、女性の教育、女性の地位といった記事でいっぱいです。宴会にあらわれる唄や踊りをする職業的女性のことも論議されています。そういう女性は供応役という名目で、事実上普通の女性を男性から遠ざけています。男性と気軽に話したりするのは良家の子女にあるまじきはしたない振る舞いだとされています。

伊藤夫人、九鬼夫人、吉田夫人など一ダースもの芸妓出身の女性が高官の男性に近づいて愛人となり、やがて正妻におさまりました。きちんとした女性が男性に正当に扱われる社交界は日本にはないのです。日本の男性は玄人《くろうと》の女性の方がずっと面白く、素人《しろうと》の女性はつまらないと思っています。

日本の男性は素人の女には近づかず、女は正当な方法では男性に近づくことはできない。これでは結婚の相手を自分で見つけることなど不可能である。社会は西欧化された新しい女の生き方には厳しく、森有礼夫人や捨松や、下田歌子のスキャンダルについてもとても信じられないと梅子は首を振っている。

一八八七年二月二十二日

よく御存知の森夫人の気がおかしくなったのは前にお話ししましたが、そのためか、あるいは他の理由かはしりませんが、彼女は離婚されたそうです。夫人はおかしくなってから、夫の家からはずっと離れたところに住まわされていました。そこで一年近く住んだ後、最近離婚されたのです。森氏がそんなことをしそうもない人だけに、いろいろな噂が伝えられています。彼は西洋風な結婚をした初めての人で、結婚式には生涯添い遂げると証人の前で誓ったのですから、夫人の頭がおかしくなったという理由だけで離婚できるかしら。

いろいろな噂の中には彼女が不貞を働いたという話もあります。そしてこのことが彼女を狂わせ、彼がそれを発見したことが彼女の狂気の原因だとも言われています。噂には尾ひれがついてどこまでほんとうかわかりませんし、真相は不明としか言えません。

どちらが悪いかは誰もわからないにしても、大抵は女の方を当然のように悪く言い、責任があると言うんです。ひどいと思う。

一年かそこら前までは森氏は夫人に大変よくしたので、森夫人ほどみんなに羨ましがられた人はないくらいです。森氏は他の男性のように芸者遊びをしたりはしませんでしたし、夫人も美人を鼻にかけるようなところもない家庭的な人でした。恋愛の末、結婚をして、普通の家の出でしたから、人びとから幸運な人だと言われていました。ところが急に事態は変わってしまったのです。あの地位の人で、常に妻や子供たちと一緒にいるような男性はいませんでしたのに。それに、夫人は静かな、おとなしい、従順な、親切で善良な人でした。とても道を踏みはずすような人には見えませんでした。私はいつも彼女を尊敬していました。

もし森氏が彼女に飽きたという理由でこんな噂を流しているのだとすれば、私は彼を見損なっていたというしかありません。でも、この話がほんとうなら彼の方が気の毒だというしかありません。誰もほんとうのことはわからないし、それが事態を一層悪くしています。

森夫人常《つね》の噂話とは、ロンドン時代に不貞があって帰国後不義の子を生み、相手は公使館づとめの英国人だったというのである。いや鹿鳴館のダンスがとり持つ外国人との情事によるともいわれた。また梅子の印象とは反対に、常は華やかな性格だったともいわれている。いずれにしても森はその後間もなく岩倉具視の五女と結婚した。伊藤が縁談をすすめた岩倉が当時の権力側だっただけに、梅子の同情はむしろ前夫人常に傾いている。内部の事情はわからないものなのに、ただ女を悪者にする風潮に、梅子は不快な面持ちである。

たとえば姉の琴子にまた女の子が生まれ、家の者たちががっかりしているのに腹を立てている。帝の子でさえ内親王は生も死も軽んじられ、森の場合はともかくとして、一般的な不貞の問題にしても、男子は妻妾を蓄えて、外につくった子を妻に育てさせる例も少なくないのに、女子にのみ姦通罪があり、不義の子を生んだとなれば、世間は蜂の巣をつついたような騒ぎで、当人は狂気にまで追いつめられるような扱いをされる。これは西欧化を進める新政府への国民の不満が森への攻撃に変じたものでもあろうが、日本女性の在り方は梅子にとって一大関心事であった。

一八八六年十一月二十八日

下田夫人は病気で寝ています。彼女の病気の半分以上は世間の噂のせいです。彼女は気管支炎を起こしているとかで、気の毒なことです。彼女は有名人なので、そして政府の学校のヘッドですから敵も多いのです。ゴシップはいつまで続くことやら。

幸い捨松の噂は下火になりましたが、今では昔のように外出もしなくなりました。大山将軍はまた地方に旅行中で、捨松は子供たちと過ごしています。

一八八六年十二月七日

ミスター・ランマンの手紙（チャールズ・ランマンが日本の若い女性梅子について本を書いて出版するという話で、前便に梅子は、自分の運命は数奇なものであり他人も興味を持つかもしれないが、少し早すぎはしないかと書いている）について考えれば考えるほど、出版はもう少し時期を待ったほうがよいような気がしています。

日本では女性の教育の問題などが騒がれていて、下田夫人や捨松のように有名な人びとは新しい法典に反対の古い人たちの攻撃の的になっています。ひどいスキャンダラスな噂が流され（捨松は馬丁とのスキャンダルが囁かれた）、公衆の前で不愉快な目に遭うのも避けられません。政治的な理由がもちろんあります。

その意味で、私が伊藤家に長く留まらず、伊藤氏が総理になったのは良かったと思います。私は誰にも嫉妬や羨望の目で見られて悪口を言われることもなく、自分の道を進めて幸運でした。

日本で女が男と同様の自由を今の時点で得るのがよいかどうかは判断できません。先進国の欠陥を見つけようと日本はやっきになっています。新しい女性の生き方には非難が多く、名流夫人たちのスキャンダル騒ぎはまだ一年とは続いていませんが、騒ぎはもっと大きくなるかもしれません。何も隠さずに申し上げるのですが、これが出版を待ったほうが良いと思う理由です。

ミスター・ランマンは私の言うことを理解されて、ご自分で判断なさると思いますから、あとは自由に決断して下さい。

さて、梅子がこんなふうに悩んだり、腹を立てたり、がむしゃらに頑張ったりしている時の日本や世界の状況はどんなであったろう。


一八八二年、軍人勅諭下賜。早稲田大学の前身・東京専門学校創立。一八八四年、一橋大学前身・東京商業学校設立。一八八七年、東京藝術大学の前身・東京音楽学校および東京美術学校創立。

一八八四年、秩父騒動。

一八八五年、「女学雑誌」創刊。一八八八年、時事通信社設立、「東京朝日新聞」「大阪毎日新聞」創刊。

一八八五年、逍遥『当世書生気質』『小説神髄』。一八八七年、四迷『浮雲』。

一八八二年、朝鮮壬午の変。

一八八六年、イギリス、ビルマを併合。

一八八七年、仏領インドシナ連邦成立。

一八八六年、アメリカ労働総同盟（ＡＦＬ）結成。一八八六年、自動車の発明（ベンツ）。一八八一年、明治生命保険会社、一八八五年、東京瓦斯《ガス》会社、日本郵船会社創業。一八八七年、私鉄条例公布、日本麦酒創業。一八八七年、東京綿商社創業。

こういう状況の中で伊藤は政治改革に踏み切った。

一八八六年一月七日

……政府は大きく変わりつつあります。伊藤氏のやっていることには反対もとても大きいのです。政府の大胆な行動を、外部では大きな改革だと見ています。伊藤氏はオフィスや自宅を離れることは滅多にありません。政府を追われた千か二千の人たちに暗殺されないとも限りませんから。政府は残った人びとで運営され、経費は大幅に削減されました。

外務省も文部省も変わりました。私が働いている、そして伊藤氏がとりしきっている宮内省はまだ改造されていませんが、その日は迫っています。高位の人たちは減員され、あらゆる経費が削減されるということです。私が解雇されることはなさそうですが、給料を減らされたり、現在の奏任官待遇が変わるかもしれません。

……どうなるかはわかりませんが覚悟はしています。……

こんなふうに案じてはいたが、梅子の身分はやがて安定し、一八八六年十一月には教授となり、奏任官六等年俸五百円を給せられることになった。奏任官待遇は下田歌子と津田梅子だけで、歌子は学監（梅子は副校長という言い方をしている）となり、年俸千五百円かそれ以上ということだった。

……多分、自分の妻や娘が洋服を着始めて、お金がかかるのが伊藤氏にもわかり、外国風にするためには月三十五円の給料では不足だろうから、ということでしょうか……。

華族女学校で教え始めて梅子は当時の上層階級の人びとと近づく機会が多くなっている。皇后はしばしば学校を訪問し、新年などには教師ひとりひとりに絹を下された。

……われわれは彼女の前に進み出て、その役の男性から受けとりました。……みんな皇后のプレゼントを有り難いと思っています。絹はとても素敵なもので、洋服にはちょっと足りませんので、日本の着物を作ろうかと思います。……

皇太子の参観もあった。

………まだ十歳の小さな子供です。彼は学校に来ている腹違いの皇女のことをどう思っているのでしょう。この小さな方は全く困り果て、参観はあまり面白くなかったようです。

梅子は学校にテニスを紹介し、その他戸外でのスポーツを子供たちに教えたいと言っている。彼女自身子供の頃からスポーツ好きの少女だったらしく、折にふれて、アデリンは梅子が肥りすぎるのは運動が足りないのではないかと言っているし、梅子も戸外のスポーツに関心があった。

わたしが津田塾に学んだ当時も、テニス、ホッケー、ガールスベースボールなどが体操の教科にとり入れられていて、塾は学内でのスポーツを重要視していた。これは創設者梅子の、教育は心身共に育てるべきだという考え方のあらわれであろう。

ダンスに関してはあまり好意的でない。

一八八七年三月七日

……今度の木曜に船の上でのダンスパーティーに招待されました。第一にシャペロンがいませんし、次には午後学校をぬけ出すわけにもいきません。それに着ていくものがないし、自分自身本当に行きたいのか行きたくないのかもわかりません。あれこれ考えれば、障害さえなければどんなものか見たいということもあります。それに招待をお受けできなくても、招いて下さったのは有難いことです。

一八八七年三月十六日

先日、伊藤家を訪ねると皆さん在宅で楽しいひと時でした。伊藤氏は日本で初めての仮装舞踏会を開くことにしたと言いました。彼がそういうからには私が行くと思っているらしいし、招待状もやがてくると思いますが、私はそんなものは好きではありません。

衣裳のことを考えるのはとても面倒だし、断ろうと思います。何もすることのない人たちは、衣裳の用意をしたり、考えるのも愉しいのかもしれませんが、私は時間もお金もありません。さて仮装舞踏会の次に日本では何が起こるのでしょう。

ダンスや洋服はひどく流行して、ばかげたものに見えるし、日本人は外国人の笑いものになっても止めず、外国人も馴れてしまって笑わなくなるまで続けることでしょう、といった言い方をしている。

捨松は新年の宮中の会に出席するため、英国宮廷のやり方をとり入れた襟ぐりの深い袖の短い服を拵《こしら》えさせられ、憂鬱になっている。あれやこれやで捨松は病気ばかりして、レールのように痩せ細ってしまったと梅子は嘆いている。

捨松は一八八六年二月に男子を出産して、夫巌は四人娘のあとの男の子で大喜びだった。お祝いのために会ったとき、巌はその喜びをかくすためにこんなふうに冗談を言っている。


……大山氏は、生まれたのが女の子でなくてとてもがっかりした、などと言うのです。でも付け加えて、こんな醜い赤ん坊が女の子だったら大変だ、男の子なら問題ない、などと言っています。


梅子は学校で天皇家や宮家や華族の子女を教える他に、個人的にも頼まれて家庭教師のようなこともしている。

九条家のノリという七歳半の少女を夏休みの間教えることになって、梅子は外国人の友人と一緒に日光に行くことになっていたので、女中と共にその少女を同行している。九条家では娘とお付きの女中のために三週間の費用として百円を梅子に渡して、支払いの面倒を梅子に任せている。同行のペイジという外国人は日本語がわからず、旅館の人や使用人は英語がわからないので、梅子がいろいろととりしきることになった。日光ではペイジの借りている家からすぐ近くの上流階級の人しか泊めない一級のホテルに泊まり、食事はペイジのところでして、毎日少女にレッスンをしたり散歩をしたりした。梅子は馬に乗り、少女やお付きの女中はカゴで野山を歩いた。梅子は十数年昔、自分が七歳のときアメリカにやられたことを思い出したのか、九条家のやり方をこんなふうに評している。

……この少女の両親が、見知らぬ人と一緒に生まれて初めて家を離れ、外国人の家に身を寄せるような旅を幼い娘に許したのには全く驚いています。……私は責任が重く、自由になりたいとも思いますが、でも彼女に何かしてやれるのは愉しいのです。彼女がそれを退屈だと思うか、喜ぶかは自由です。彼女が楽しめるように努めてはいますが——。英語の上達はすばらしく、とても可愛い、人なつこい子供です。

梅子の幼女、少女たちへのかかわり方には、若い命のさまをみつめる眼の輝きがあり、文中、自分は伸びる者を教えるのが好きだと繰り返している。

梅子はこの頃から再度留学の希望をそれとなく洩らすようになり、同時に日本女性の教育、婦人問題について研究会に出席したりするようになった。

その研究会は高等師範の出身者が多く、月に一度集まって誰かの講義を聞くというものだった。時には一人、二人の女性が簡単な女性問題について話し、梅子も一度その役を引き受けて、衛生と看護について話をした。日本語できちんとした話をするのは、まだ難しかったらしく、英語で書いて和訳して貰ったものを読み上げた。そして、こういうことはほんとうは捨松がすべきなのに、と捨松が全く大山夫人としてしか生きなくなってしまったのにがっかりしている。

梅子は上層階級の子女に接することで、日本の女性の在り方にいよいよ疑問を持つようになったのではないか。

梅子は折にふれて、日本の上層階級には道徳というものはなく、中流以下はまだましだといった意味のことを言っている。『源氏物語』らしい女性作家の小説の英訳なども読み、それは日本を理解するのには適切な書物のようだが、幼い少女には読ませたくないような不道徳の宝庫といったものだから、アメリカの図書館には置けないだろうが、詩的で不思議な夢のような世界だと言っている。いずれにしろ彼女は日本を知るために日本文学に非常な興味を持っている。

梅子は上層階級の子女に毎日接することで、日本という国家の権力のさまやありかや実体をしらじらと眺めることができたであろうから、その意味では『源氏物語』の作者と言われている平安の昔の宮廷の才女、紫式部にも通ずる感性を持ち得たであろう。
そして十九世紀末に生まれ、幼女時代から国の方針で外国に送られて教育され、海を隔てた二つの世界で異なった言語を操って実際に暮らした経験が、彼女のものを見る力をぐんと大きくしている。

一八八七年一月二日

……もし私が洋服で参内しなければならず、その服装が高価につけば、あえて行かないでしょう。そして皇后が学校に来るときのように、もっと形式ばらないときに会えれば充分です。これからは宮廷の公式の場では完全な洋装が必要で、多くの女性は尻込みするでしょう。彼らは洋服の代わりにどうして学校や社会を改善しないのでしょうか。

異なった、知らない言語世界で生きなければならなくなったとき、人には原始的な生きものの持つカンが甦る。言葉が通じなければ、人は言葉に欺されなくなる。外国語の奥にある押しつけがましい説得に感心したり呆れ果てると同時に、今まで無意識的に使っていた自分自身の言語、マザータングの構造と欺瞞がありありと見えてくるのである。
帰国して三年、まず日常の会話には不自由しなくなっていたに違いない日本語と、いまだに梅子にとってはいちばん自由に操れる英語との間に立って、日本の国家と、その中にうごめいている人間、その人間の半数を占める女たちの姿こそが梅子のアイデンティティであり、彼女たちとの絆の中で生きるしかないように梅子は思いつめている。官立の学校教育には国家としての方針があり、その方針が必ずしも自分の夢みるものとは一致しないことに苛立ちを覚えている。

そして、いずれ、自分自身の、私立の学校を創りたいと切実に思うようになった。単に英語の教師というのではなく、私学を運営するためにも、せめて、捨松程度の大学教育を自分自身が受けるべきだと考えた。捨松は梅子より年長で同じ年数アメリカに滞在したので、帰国するときはヴァッサー女子大学を卒業していた。そして、梅子の最初の希望は先輩の捨松を助けて、日本の女子教育をするというものだったが、捨松が結婚して家庭の人となってしまった以上、その仕事は自分の肩にかかっているのだから、自分がもう少し高い専門の教育を受けなければならないと思うようになったのだ。

すでに梅子は国費で十年以上も留学しているので、もう一度政府にお金を全額出して貰うわけにはいくまいが、もし、今勤めている華族女学校が給料を払ってくれ、二、三年のアメリカ留学を認めてくれるのなら、あるいはその夢も実現可能かもしれない。

チャールズ・ランマンの紹介で日本で書いた文章をアメリカで売る話もあった様子で、恐らくそんなことも多少はあてにして留学のことを考えていた。そして一流の学校に留学する費用についてアデリンに問い合わせている。

普通の教師としてなら、今のままで充分であろうが、梅子の希《のぞ》みはもっと高く、女性の解放をもめざした人間教育が夢だった。

まあ、心の中心でこうした大きな夢をかかえて、梅子は毎日の教師としての生活は着実に、しかも楽しみながらやっていた。梅子の文章を読んでいていちばん気持ちがよいのは、彼女が子供たちを若い生命として彼女自身の喜びともしているところである。

華族女学校という環境で梅子の眼に入る風景はかなり滑稽で強《こわ》ばったものであったに違いないが、彼女は驚くほど素朴に、しかも現実の状況を充分わきまえた観察眼で、人間をみつめている。

異なった階級の人びとを眺めるときも、公平で卑屈にもならずへつらいもなく、かといって現実の状況が認めているその人の身分に礼を失する態度もない。皇室、貴族、華族、階級の様相、個々の人格の差異を含めて、人間という種の形成する社会のあらわれとして眼を据えている。

皇后は二万ドルの洋服をヨーロッパからとり寄せているが、国民は貧しく、教育も受けられない、と嘆き、日本中が似合わない洋服の流行を追うのはおかしいとは言っているが、皇后が似合った洋装を着るとほっとし、ミュージカル「ミカド」が日本を西洋人の娯楽のため滑稽な諷刺の対象にするのは侮辱だと言っている。

……もし日本の舞台で、ヴィクトリア女王や英国王室が滑稽な芝居の対象になったら、英国の代表は抗議をして大きな問題になるのではないでしょうか。でも日本は弱いので、騒ぐわけにはいきません。……

参考までに台本を送っていただけないでしょうか。日本人の目から見れば、衣裳はとても滑稽なものだということですが、台本を見て判断したいと思います。

梅子は、外国が日本政府をからかったり、役人や天皇がおかしなことを口にするミュージカルを面白がっているという事実をちゃんと直視した上でのもの言いである。

一八八六年九月、東京にはコレラが流行して、アデリンが梅子の身を案じての手紙に梅子は次のように答えている。

……コレラは東京でも人口の多い地区から離れて住んでいる上流の人たちにはあまり感染しないんです。たとえば、私の学校の二百人の生徒のうち、この夏に友人を失った者は皆無といってもよいのです。貧しい階層には多くの死者が出ています。

この年には一時は一日二、三百人の患者が出て、東京の人口の一パーセントの犠牲者が出たが、上流の死者は百人に満たなかった。人力車の車夫や労務者の間にいちばん流行した。

梅子はこの年の初めに人力車を十三ドルで買ったとアデリンに書いている。それまでは借りた人力車に月一・五ドル払って車夫に引かせていたらしいが、伊藤の改革でたくさんの政府の役人が職を失い、人力車が売りに出され、安くなったらしい。当時、車夫が自前で車を所有している者に引かせるのと、客が車を借りて引かせるのと両方あったという。

教員は不足していて、忙しすぎ、人をふやして貰いたいのに、と梅子はこぼし、こんなふうにも言っている。

……伊藤氏は教師の仕事が苛酷になりすぎないようにするためにも、実情も見るべきだと思います。政府は建物やら西洋の衣裳やら、そんなものにお金を使いすぎ、上級の役人は楽しんでいるのに、下の人たちは苦しんでいます。でも、これは、日本だけのことではなく、どこの国でも共通のさまのようですね。

すべて、現象に対する反応はごく正常で、腹を立てたり、不平も言っているが、極端に攻撃的ではなく、何か刺激があって闘わなければならないときは、挑戦的であることを、愉しみ、明るい面を見ようとしている。

多分これは持って生まれた天性ではあるが、梅子をこのように育てたのは津田家の血に加えて、ランマン夫妻の梅子の持つ資質への愛のはぐくみと言えるだろう。これらのおびただしい量の私信で三十年に亙る内面の語りを梅子に持続させたのは、アデリンとチャールズの愛情の火に掻き立てられたものとしか考えようがない。

梅子の精神内部でのキリスト教への帰依も恐らくランマン夫妻への信頼に絡んでいるように思われる。そして、その後、日本で得た数多くの友人知人の輪のひろがりもまた、人間性の肯定的な面への信頼から生まれた。

梅子の科学的とも言える好奇心はものごとを総合的に連鎖するものとして捕らえ、分析的で、流動的である。たとえば、具体的な話題としてミッショナリー、伊藤博文、日本の文化、制度にまつわるコメントは決して一面的ではなく、批判的であると同時に、愛情に溢れていて、美点と長所にも欠点に対する以上に敏感である。でなければ、どうしてあれほど痛烈にミッショナリーの悪口を言いながら、ミッショナリーの友人を得、キリスト者として生き、日本女性を自分自身につながるものとして引き上げることに情熱を傾けることができただろう。

彼女の感傷はアメリカ時代の思い出にまつわって、その部分だけがひどく情緒的に語られている。

……ああ、こんな憂鬱な夜には、あなたとストーヴを前におしゃべりしながら、明るく燃え上がる炎を見つめていられたらなあ、と思います。ああ、アメリカや、あなた方が、大きな海を隔てて、とてもとても遠いものに思えます。手紙でお話するだけでなく、直かに会えて、楽しむことができるのだったら！

私の幼年時代は遠くへいってしまい、次つぎとその後湧き出して来た雲の中に私はいます。アメリカでの交友や生活、幸せな時間は、遠く遠く霞んでしまいました。時には昔とは別の人間のように変わってしまった自分が信じられません。私は空中楼閣を築いているんでしょうか。あなたのところへ戻って、あのなつかしい場所をもう一度自分のものにできたら！　あなたがここへいらっしゃれないのなら、私がそこへ行かなければなりません。そう、辛抱して……いつか……。

アデリンはこういう梅子の手紙だけを待ち焦がれた日を送っていたので、少し手紙が途絶えると異様な心配でやいのやいのと書いて来たらしく、その度に、梅子は業を煮やして、あなたの手紙にはどのページにも「心配でたまらない」だの「もしかしたら、何か起こったのじゃないかと怯えている」だのとあるが、何を余計な心配することがありますか、私はいつも楽しんでいます、今日はもう何も書くことがない、疲れているからお休みなさいと当たり散らしたり、いや、興奮してごめんなさいとあやまっては、また細ごまと書き綴るといった具合である。

第八章　連なるもの

朝夕、急に冷え込んで、日中かっと照りつける秋の陽ざしの中で、木々の葉が日毎に紅葉してゆく季節である。この季節になるとわたしは青春の四年間を過ごした武蔵野の学舎を必ず思い出す。

二年前、アメリカ東部、フィラデルフィア近郊にある女子大学、ブリンマー Bryn Mawr を訪ねたのも丁度この季節だった。金の矢の降る武蔵野の雑木林とは異なって、あらゆる色合いの黄、橙、赤、朱、真紅、褐色の葉が混じり合う大陸の林に囲まれたキャンパスに、わたしはなぜか昔、起居していたような気がしていた。

わたしたちは塾時代、どれほどこのアメリカ東部の名門女子大学の名を聞かされたことか。創立者、津田梅子がかつてそのキャンパスに学び、その後彼女が設立した基金の奨学金によって何人かの塾の卒業生が留学生として送り込まれ、帰って来た人が再び母校の塾で教鞭をとりながら塾生たちに語り伝えた異国にあるそのキャンパスをわたしたちは一度も見たことがないままに、何となくどこかで見たことがあり、それどころかそこで自分もまた学んだことがあるような気になっていたものだ。

それは丁度、わたしたちが幼い頃から語り伝えられた数々の日本の古典文学によって、たとえ東国や九州や北海道や四国に生まれ育って、京や奈良や明日香の古都を一度も見たことがない者でも、比叡や東山や嵯峨野や、三笠山、香具山、二上山だのという名を聞くと、その姿を思い浮かべられるような気がするのとよく似ている。

古典を愛読した日本人は生まれて初めて大和三山や三輪山の裾野をそぞろ歩きすると、故郷に戻ったような錯覚を起こす。不思議なことだが、わたしはブリンマーを初めて訪れたとき、それに似通った感じを持った。それほどわたしたち塾生はブリンマーにまつわる話を聞かされて四年間の塾生活を過ごしたのだ。そして実際、塾の校風にはどこやらブリンマーを想わせる雰囲気がいつの間にか育っていたのだということを、わたしは卒業後三十数年経ってブリンマーを訪ねたとき自分の眼で確かめたのだった。

フィラデルフィアから郊外電車に乗ってブリンマーという小さな駅に降り立ったときの辺り一帯のキャンパスめいた気配。行き逢う学生たちの物腰から、大学の職員らしい人に道を訊ねて答えるもの言いの調子までが、わたしを三十数年昔の塾時代にひき戻した。

非常に妙なことだが、わたしはそのとき何年か前、韓国の慶州を訪ねたとき、ふっと大昔のお伽噺《とぎばなし》の世界に舞い戻ったような気分になったことも思い出していた。なだらかな丘の向こうから万葉の竹取の翁があらわれ、九乙女《ここのおとめ》が口ぐちに歌いながらやってくるような気さえしたときのことを。そして、アメリカにやってくれば、ここにもまた、わたしが青春期から想像力の中で勝手につくりあげた風景と、人の微笑が現実に目の前にあるということに打たれたのだった。

ブリンマーという小駅の手前にはハーヴァーフォードという駅があるが、ここには有島武郎が留学していた大学がある。そこでまたわたしは、有島武郎と波多野秋子が情死したことをちらと思い浮かべ、秋子が塾と多少の縁があった人らしいなどということも思い出した。

連なり合う不思議な影はこんなふうにこの地上のいろいろな場所に出没する。アメリカやカナダにはロンドンだのパリだのベルリン、モスコー、ペテルスブルグなどという名の町が至るところにあり、驚くなかれカナダのロンドンのそばにはテムズ川という川まである。それらの町はあるいはイギリスやフランスやドイツやソビエトのロンドンやパリやベルリンやモスコーとは似ても似つかぬものに映るかもしれない。だが、しばらく、その地に立って、森の中の動物になった気持ちでじっと心の眼を見開き、耳を澄ましてみるがよい。家々の窓の切り方、屋根の流れ具合、表札の姓、庭の作り方、花の植え方、林や森や湖の借景のほんのわずかな部分が妙な具合にひろがり、やがてその上に彼らがその昔後ろ髪を引かれながら後にした故郷の町が重なってくる。彼らは故郷の町で夢みたものを新世界に築いたのだ。あるいは、新開地の学徒として旧都を訪れ、その地に学んだものを新世界に持ち帰り、自分風に編曲した作品をそこに奏でたのだ。

日本各地にある同じ地名にも何らかの因縁めいた物語がまつわるのであろう。中国名に因んだ山の名や寺の名を辿《たど》って、それらの寺を建立した名僧と言われた人たちが学んだ中国の古寺を訪れれば、妖しく飛び交う霊気が時空を超えて、漂っている。

話がそれたが、地名は別としてもこの地上には、何かの縁で微妙につながり合い、思わぬ方向にそれぞれの特徴を育て、その風土の中で独自の形に築いた文化の様相がある。

武蔵野の秋の雑木林に降る黄金の雨とブリンマーの森を染める大陸の秋の色が違うように、金髪と栗色の髪の少女たちは日本娘とはべつの言語を話しながら、その言語の奥に、もっと他の遠方からやって来たものをも漂わせている。ブリンマーに住みついた開拓者たちは、英国ウエールズ辺りからやって来たということだ。

さて、百年前の津田梅子に話を戻そう。

梅子がブリンマー女子大学に再度のアメリカ留学で旅立ったのは一八八九年（明治二十二年）七月のことだった。この留学に関しては梅子は華族女学校に勤め始めて以来心の奥で考え続けてきたことのように思われる。実際に教場に立つ者として、彼女は女子教育というものを新しい若い女性の立場で夢想し始めたのだ。華族女学校は何といっても当時の為政者たちが公的な理念の下にとりしきっていたもので、その理念とは男性を中心として打ち立てられた国家理念、教育理念であったといってもよいだろう。もちろん明治の日本は新しい国家としての夢想に溢れた時代にあって、男性もまた新しい女性を夢みたからこそ幼い梅子や捨松や繁子を異国に送りつけ、十年余の歳月をその地で学ばせた。彼女たちが海の向こうの世界から、何ものかを持ち帰り、日本に新しい種子を蒔《ま》くことを期待したのだ。

だが、女子留学生たちが十余年を経て帰国した故国に見出したものは、めざましい勢いで伸びてゆく新しい国家を切りまわす男性像にかくれて、打ちひしがれて追いまわされる同性の姿だった。世間で新しい女と言われるのは上層階級の滑稽な物真似猿の洋装の女たちである。——梅子の記述には浅薄な同国人を恥じて眼を伏せ、言葉少なに呟く吐息に似たものが感じられる。彼女はその後半生をほとんど和服で過ごし、手紙は巻紙に毛筆でしたためた。けれどこれは異国人風な日本的なものへの好奇心というよりは、その時点で、その状況で、合理的に納得できる美意識から来ているものだとわたしには思われる。日本人がなぜ必要以上のばかばかしい高いお金を支払ってまで、見よう見真似の西洋服や西洋風なものを、ごく自然に手に入る国産のものに代えて使わねばならないかといったことに対する反発があったに違いない。つまりその精神はむしろ合理主義的な反省から来ているようにわたしには思えるのだ。

彼女はアメリカで学んだ西欧的合理主義を、物質や形にあらわれたものを安易に手に入れるやり方ではなく、その根本的本質の部分で日本女性に感知させたかった。そのためには西欧の言語、今後の世界を代表するであろう英語を学ぶことこそが、その言語の背後にある西欧理念の理解を深める。同時に女性に英語教師の職業を与えて、経済的に自立させ、表現の場を与えると考えたのだ。

これは目に映る社会現象の総合と分析による科学的な判断であり、梅子の性格をよく物語っている。

一八八八年後半のアデリン宛の手紙から、ところどころ要約するとアメリカ留学に関する希望が次のように述べられている。

スミスやウェルズズレイその他の女子大学のカタログ、ならびに師範学校のカタログを送っていただけないでしょうか。捨松の話だと、ヴァッサーは随分学資がかかりそうです。……

もう一度留学するのですから、教育の専門的な、師範学校で学問をしたいと思います。あなたはあまり大きな学校はよくないとおっしゃるかもしれませんが、大きな学校でどのようにしているかも自分の眼で見たいのです。……

私がまたアメリカに行ってもう日本に帰りたくなくなるのではないかという心配は御無用です。………私は遊びに行くつもりは毛頭ありませんし、日本で教育者の道を歩むために勉強しに行くのです。伸びてくる子供たちを育てるのが私の天命です。………

………まず経済的な問題がいちばんの悩みですが、華族女学校の前の大鳥校長は在職のままサラリーの他にいくらかの奨学金も給与されるようにとりはからって下さる御気持ちがおありのようでしたが、実際にそのときになってどうなりますか………。

この頃梅子はアメリカから捨松と梅子の紹介で来日し、梅子と同じ華族女学校で教鞭をとっていたアリス・ベーコンと、ある外交官の留守宅を二人で家賃を折半して借り受けて同居していた。アリス・ベーコンは捨松のヴァッサー女子大学時代の友人で寄居していた家の娘であった。アリス・ベーコンとの話し合いの中で、梅子はその後のアメリカの情報も得て、この再度の留学を具体的に考えるようになったと思われる。

梅子が華族女学校に奉職して以来、現実に身近に少女たちと接してますます国家の方針とはべつのやり方で未来の女性を、自分の私塾で育てたいと思うようになったのは頷ける。

どうやら日本の男性が理想とする日本女性は、目の前に育て上げているおっとりと典雅なお姫さまであり、遊び戯れるのは芸妓や娼婦である。大多数の女たちは自我の目醒めない少女の頃に無理矢理結婚させせられる。梅子は日本の少女たちがあまりにも年若で結婚させられ、家の中に、奥様と称して奥に送りこまれ、奥にさえ送りこまれないもっと惨めな境遇の者は、ただ子供にまつわりつかれて母親としてのみ生き、一生をコマ鼠のように働かされるだけなのを、憤懣やる方ないといった口吻で繰り返している。

梅子は、女性が経済的に自立できない限りはものを言い得ないのを日々その眼で確かめていた。彼女は男性が金で買う娼妓に入れあげるのを不快なものとして見つめてはいたが、娼妓は、自分の持って生まれた生命力で男たちから金を巻き上げ、ある意味では経済的に自立しているからこそもの怯《お》じしないしたたかさを持っている。そのしたたかなもの言いこそが男たちを喜ばせている。不特定多数の男たちに媚びることで経済力を持つ女たちの姿は、有利な結婚で一人の男の保護のもとに得る安定した生活を享受できる奥様とどう違うか。違ったにしても、いずれも女としてはどこか釈然としない。

梅子はごく自然に異性に魅かれ、男性的な力を認めている女性であるだけに、その悲しみは大きかったに違いない。

梅子に言わせれば、上層階級の子女の在り方は決して国民が模範とすべきものではなく、国民一般の女性像もまたあまりにも無自覚で、表現力を持たない。男性の言いなりに家を守り、男性に都合のよい子女を育てる母親となる一生だけが女性の生き方ではない。異性とも自由に意見を交換し、お互いに助け合い、次つぎに立ちあらわれる新たな問題を解決しながら未来を展開する視点を男性とは違う女性の立場から発言できる女性を育てること、これこそが梅子の夢であった。

華族女学校も、その他の公立女学校も決してそのような女性を育てる教育はしていない。そこで教育された女性の育てる次の世代のことを考えると梅子はじっとしてはいられなかった。日本から外へ眼を向けても、世界にとてそのような状況があるとは限らないが、ともかくも世界は次の可能性を探して大きく動いている。

梅子はまず縁を頼って、アメリカ、フィラデルフィア在住のモリス夫人に具体的な留学について相談した。モリス家はフィラデルフィアの旧家で、梅子はアーチャー・インスティテュート在学当時から仙の知人ホイットニー夫妻の紹介で知遇を得ていた。帰国後もひき続き文通を続け、モリス夫人の名はアデリン宛の手紙にもしばしば見える。

モリス夫人は東部知識人社会に有力な発言力を持った人だったらしく、梅子以外にも当時の著名な日本人をその家庭に出入りさせた親日家だった。そしてその家風は子孫にも代々受けつがれ、多くの日本人たちがひき続いて今もモリス家を訪れている。

アデリンはもちろん、実の娘のように思い込んでいる梅子が再度アメリカに来るのは何よりも嬉しいことであったから、梅子の留学計画を是非とも実現させたいと考え、自分の育てた異国の少女が、今や東洋の指導者となるべき日本で、将来を嘱望されている女性教育界のホープたる人物であることを、周囲の友人たちに大いに吹聴したに違いない。アデリンはモリス夫人共どもに梅子の夢を自分たちの夢に重ねて夢み始めたのだ。

モリス夫人はフィラデルフィア近郊のブリンマーにクエーカー教徒（十七世紀に英国に起こったピューリタンの厳格な一派）によって建てられた新設の女子大学の学長ローズ James E. Rhoads の友人であったので、梅子の留学希望を聞いて、早速この東洋の少女を売り込んだのであろう。そして、ローズ学長はその場で梅子に授業料の免除と寄宿舎の一室を与える約束をした。

一方、梅子は華族女学校の時の校長から、在官のまま給料支給で二年間留学できるはからいを受けたのである。

いったい梅子は幼いときから、日本人、アメリカ人、女性、男性を問わず、どうしてこうも次つぎとめぐり逢う有力な人びとに助けられる運命にあるのか。まず、チャールズとアデリン・ランマン夫妻、伊藤博文、森有礼、大鳥校長、西村校長、アリス・ベーコン、捨松、繁子、モリス夫妻、それぞれの立場で助力を惜しまなかった。そして冒頭に述べたアンナ・ハーツホンなどはまさにその一生を津田塾のために捧げたといってよいくらいである。

梅子には大勢の姉妹弟がいたが、その近親者たちは梅子を生涯にわたって助け、姉琴子の夫、上野栄三郎などは経済的にも塾の創立運営に多大の援助を惜しまなかった。

彼女はごく若いときから幼い弟妹たちの世話を嫌わず、一緒の部屋に寝起きして面倒を見、幼い者と一緒に時を過ごすことを、心から楽しんでいる。これは弟妹に限らず、前述した九条家のお姫さまなども含めて、身分を問わず常に何人かの少女を自分の住居に寄宿させたり、身近に置いて世話した。

人間の行為で相互的でないものは決してない。周囲の人びとからこれほどの助力を梅子が受けたということは、梅子がその人たちに与えた有形無形の助力を物語っている。梅子の人間としての息吹がいかに魅力的で生命に溢れたものであったかを偲ばせる。梅子の姿とその眼の輝きは、この地上に棲む人間社会の明るい展望を約束する希望の光のように周囲の眼には映ったに違いない。

実際梅子には私利私欲というものがほとんどなかった。鹿鳴館の舞踏会に招かれても、それはそれではっきりと眼を瞠《みは》って二、三度打ち興じはするが、次の機会には「私は日本では手に入りにくい西洋の高価な衣裳を買うためにほかのことを犠牲にする気もないし、もっと大きなことを実現するためにはそういうことにかかずらう時間はありません」とあっさりとそっぽを向く淡泊さである。

彼女は楽観論者でも悲観論者でもなく、ものごとをあるがままに見つめ、生物の勘ともいうべきもので前途を見きわめて進むといったタイプだった。それ故にこそめぐり逢った人びともまた、その生物の勘で梅子の力が伐《き》り開く未来に賭けて自分の力を注ぎ込む気になったのであろう。

梅子が再度アメリカ留学を決心した年、一八八九年の二月十一日には伊藤博文らが世界に名乗りをあげる新国家として長年準備検討した憲法が遂に発布の運びとなり、二十八条では信教の自由も保障された。

だが同じ日、悲劇的な事件があった。文部大臣森有礼が殺害された。梅子のアデリン宛手紙には、森が伊勢神宮神殿に土足で上がり御神体の幕をステッキであげ、神道神職者たちを激怒させたのがその原因らしいが、犯人もまたその場で斬り殺されたとある。事件そのものに関するコメントとしては、日本人の愛国心は天皇とその祖先崇拝に象徴され、政治と宗教が絡み合っていて事件の解明は難しいが、ただこうした事件の諸外国に与える印象が、今後諸条約締結に際して日本を不利に導くのではないかと案じている。その半年の後、梅子は再度アメリカ留学のため横浜港から出立した。

ブリンマーで生物学を専攻した梅子は人間学を生物学の一分野として考えていたのではないかとわたしには思える。

もともと梅子は明治の農学者津田仙の娘として生物学に若い時から興味を持っていた。また持って生まれた資質から言っても、科学的な関心が強く、学んだ学校の記録によれば常に科学分野の科目に抜きんでた成績を残している。

ダーウィンが『種の起原』を発表したのは一八五九年で、梅子の育つ頃、生物学は世界の寵児であった。梅子ももちろんその分野に関心を持って、前述したようにアデリンに朝顔の種子を送って、その花の色を何代かに亙って確かめてくれといった文面も見える。

ブリンマー女子大学の創設者は、ジョセフ・テーラー Joseph Wright Taylor というニュージャージーのクエーカー教徒の医者で、彼は一八八〇年に死んだときその遺書の中で、「私は若い女性たちの高等教育のために、若い男性には自由に与えられている大学教育を同じように得られる場所の必要性を痛感した」とその創立の精神を述べている。

梅子の時代から残っているキャンパス内の数少ない建物の一つ、ダルトン・ホールは実験室や科学関係の資料室が主で、生物学は創立当時から重要な教科だった。梅子が前もってカタログをとり寄せたいくつかの女子大学の中でブリンマーを選んだのは、男性と同等の女子教育に重点を置き、かつ彼女に関心のあった生物学が重んじられていることが、経済的な援助の申し出と共に決定的な理由だったかもしれない。

梅子が起居した寄宿舎は今もそのまま残っている。ブリンマーのカタログ写真の中には梅子が当時、同室のアンナ・パワーズと寄宿舎の部屋で撮った写真が、「一八八九年から一八九二年までの日本からの留学生、津田嬢は、最初の有名になった外国人留学生の一人である」という説明付きで載せられている。

案内の学生の好意で、わたしは寄宿舎の一室に入ってみることができたが、その設計から部屋の雰囲気までどこやら三十数年昔の武蔵野の寮生活を一瞬そこに甦らせるものだった。大都会の郊外の林の中、隔絶されたような別天地を選んで建てられた寮もいくつかの学舎も、明らかに津田塾の創立者とその後継者たちは、このブリンマーを念頭に置いていた、とわたしには思えた。部屋には個室も二人部屋もあるが、ベッドや机やワードローブや重ねられた本やノートには乙女たちの春の匂いがあった。走り去った三十数年を証明するパソコンの姿にわたしはやや感傷的な気分になり、ロビーを我が家の居間然とくつろいでいる男子学生の姿に現実にひき戻された。


ブリンマーへはニューヨークからメトロライナーでフィラデルフィアまで行った。二十年前と十年前と二度ばかりこの線で旅したことがあるが、車窓の風景はさしてその頃と変わらないうら淋しい工業地帯である。ただ車輛は航空機のような丸味を持ったもので、一昔前の列車からはかなり改善されたものだ。

フィラデルフィアに着くまでにニューワークに停車するが、工場と強制収容所めいた長屋の住宅は産業革命期の英国の風景を思い出させる。彼らは新大陸に渡り、故国と同じものを造ったのであろう。ここにもまた人間の想念が海を渡って飛び火するさまがある。

トンネルを抜けて 30th Street Station に着く。ギリシャ風の柱に支えられた途方もなく高い天井は、かつて首府の駅として耳をそばだたせた建築であったに違いないが、今は侘びしさが漂い、食堂はカフェテリアかハンバーガーショップのようなものばかり。ただし手は加えられて小綺麗ではある。アーケードをくぐり、支線のパオリ・ラインのホームに出る。ホームは鳩の糞で汚れ、リベットの多い鉄骨で屋根が支えられている。近くに列車を待っている老夫婦に何となく話しかけると、パオリ・ラインは南北戦争の前からあったペンシルヴァニア鉄道創始の線らしい。

電車の沿線は郊外の住宅街で紅葉が美しい。駅舎は建設当時そのままのようなのが見られ、ホームの低いのどかなローカル線の景色である。車輛は二列と三列の座席が日本の新幹線のように並び、車掌は検札に来て、切符を座席の前に挟んで降りる前に取り去ってゆく。

ブリンマー女子大学はブリンマーという小駅から数百メートルのところにある。秋の樹々が紅葉のあでやかさを競い合い、女子学生に混じって男子学生の姿もちらほら見える。

わたしは母校津田塾の大東前学長や先輩の内田教授に紹介状を書いていただいたので、キャンパス内にあるウィンダム・ハウスというゲストハウスに泊まることになっていた。ウィンダム・ハウスは十八世紀の農家を一九二六年に大学が買い取ったもので、壁の厚みが五十センチもある趣のある家。調度品もかなりの年代のものが並んでいるが、これは初代の教頭で二代目学長ケアリイ・トーマス Carey Thomas が蒐集したものだという。

フェミニストの先駆者ケアリイ・トーマスを手短に紹介したい。ケアリイ・トーマスは梅子がここに在学当時教頭だったが一八九四年に学長に就任してからも、梅子がブリンマーでモリス夫人の援助のもとに集めた基金で日本から後輩の留学生を送るに当たっていろいろな援助、助言をしている。

ケアリイはクエーカー教徒の家庭に育ち、一八七七年にコーネル大学を優秀な成績で卒業した。当時女性には大学院の道は閉ざされていたが、ジョンズ・ホプキンス大学が特別のはからいで彼女を受け入れた。とは言え、男子学生と共に教室の授業に出ることは許されず、彼女はカーテンの陰に坐らされて講義を聴いたという。彼女はここの教育でも満足できず、当時の向学心のある若者なら誰でも夢みたドイツの大学で勉強することを決心した。

父親や周囲は猛反対だったが、理解ある母親の戦術で、「仕方がないからただ泣きなさい」と助言され、母娘は一日中一晩中泣き通して遂に父を折れさせ、ライプツィッヒ大学に学んだ。しかしそこでの三年間の優秀な成績にもかかわらず女性だという理由で学位はとれなかった。その後スイスのチューリッヒ大学で受け入れられて女性として初めて学位を得た。

以後ケアリイは女子教育のパイオニア的指導者となった。彼女は女性のためにヨーロッパ留学や医学への進出の道を開き、産業に従事する女性のためにサマースクールを開設し、政治経済における女性の権利を要求し、今日のフェミニズム運動の始祖とも言える人だった。

梅子がアメリカの中でもこの大学に学んだことは不可思議に連鎖する糸に操られた運命としか言いようがない。梅子は日本を立つ前の最初の約束では二年間の留学期間を、その後更に女子教育取り調べの名目のもとに一年の追加を許され、都合三年間のうち半年は教育、教授法の研究のためオンタリオ東南湖畔にあるオズウィゴー Oswego 師範学校（ペスタロッチ主義教育で名高い）で学んだ。

この三年のアメリカ滞在期間に、梅子は梅子より少し遅れて帰国したアリス・ベーコンが纏《まと》めようとしていた「日本の女性」Japanese Girls and Women と題する書物についてアリスと語り合った。アリスと梅子は日本のさまざまな階層の女性の姿をじっと観察することで、一層その未来像に抱負を持つようになった。そして、梅子は将来自分が私塾を創るときの協力をアリスに頼んだ。後年アリスは塾創立の報せを受けるやいなや梅子のもとに駈けつけて、その後二年間無報酬で教鞭をとり、そのときの約束を果たしたのである。

またこのブリンマー在学中に初めて梅子に逢ったアンナ・ハーツホンがその後来日して親交を深める中で、同じように協力を約束し、アリス・ベーコンのあとを引きついで長く梅子とその私塾のために尽くしたのはすでに述べた通りである。

このように梅子は周囲のあらゆる星を引き寄せる巨星に似た吸引力を持っていた。


ウィンダム・ハウスの食堂には当日同窓会か何かでもあるらしく、年配の卒業生らしい婦人が大勢集まっていた。洗練された家庭料理に似た昼食を親しみのあるサービスで供され、大勢集まっても姦《かしま》しさのない閑雅な雰囲気にほっとしていると、学長秘書の若い女性が挨拶にあらわれた。学長はあいにく会議でべつの州に出かけているが、梅子以来津田塾との関係は親しいものであるから、できるだけ便宜をはかるように申しつけられている、とのことだった。

実際、図書館にも先輩内田道子氏のブリンマー時代の同級生がいて、保存されているケアリイ・トーマス宛の梅子の古い手紙のコピーをとってくれたり、古い歴史の説明を聞かせてくれたり、いき当たるところにものなつかしさのふっと舞い上がるような扱いであった。

このキャンパスからひろがる輪の中で、百年前、梅子は学生の身で、モリス夫人の援助のもとに八千ドルという基金を集め、その利子を数年に一度、後進の女子学生を四年間アメリカに送る奨学金としたのである。梅子は塾の創立を含め生涯に亙ってこの種の基金を集める教育事業家としても異様な才があった。彼女は自分のためには信じられないくらい質素で、集められた金は全て後進の女性を育てるために使われた。それ故にこそこれほどの浄財が彼女のもとに寄せられたのである。

この「日本婦人米国奨学金」と称する基金によって留学した者は二十五人に及び、その中から育った女性教育者には同志社女子専門学校長松田道、恵泉女学園長河井道子、女子学習院教授鈴木歌子、津田塾大学長星野あい、同じく藤田たきなどがいる。そして筆者がこの書を書くに当たって、何かと言えば電話で問い合わせていちいち親切な助言を得ている津田塾大教授内田道子も、わたしの学生時代その基金でブリンマーに留学していた先輩である。

梅子はブリンマーで生物学のモーガン教授の助手として共同研究でカエルの卵の発生にまつわる論文を発表し、このまま大学に残って研究を続けてはどうかとすすめられた。当時外国人学生へのこの申し出は研究者として誘惑にかられるまたとないチャンスであったに違いない。それなのに、梅子は自分の天命は日本女性の教育にあると考えて、この八千ドルの奨学基金を土産に華族女学校へ再び戻った。

顕微鏡の中に分裂するカエルの卵をみつめて、梅子は何を想い描いていたか。分裂し、また分裂しながら増殖してゆく生命の妖は、彼女がこのようにして後進のために基金を集め、女性の未来を夢みるのと無関係ではなかった。このときもし、梅子が大学にすすめられるままに生物学を続けていたら、彼女は世界的な生物学者にならないでもなかったろう。生物学への思い入れの深さは帰国してしばらくはその分野の研究新刊書をいつも身近に置いていた梅子の日常からもわかる。

さて、女子教育の先駆的役割を任じて一八八五年に設立されたブリンマーは、創設者の遺思にある通り、ギリシャ語、数学、哲学など当時男性だけに与えられていた学問の学究的な教育機会が女性に与えられ、カリキュラムや基準はオックスフォード、イェール、プリンストンに準ずるものだった。

一方、小さな大学でのみ行き届く学生たちへの細かい配慮は古い大きな大学では希《のぞ》めないものがある。そして新しい重要な問題が教育分野にあらわれたとき、古いしきたりにとらわれない果敢な決断がなされるのが校風の誇りある伝統として挙げられている。そして何よりも個性を尊重する教育の理想実現の場と銘打っている。

規模の小さいことから来る視野の狭さや閉鎖性を避けるために、近隣のハーヴァーフォード大学やペンシルヴァニア大学と広汎な協力プログラムを持っている。これらの大学間では余分の授業料を払わないで講義を聴くこと、単位をとることができる。寄宿舎はいくつかのうちあるものは共学であるが女子専用のものもある。

しかし創立から百年を超える今も学部が女子大学として存続しているアメリカでも数少ない私立大学の名門である（大学院は共学）。この大学の教職員の数は同レベルで男女半数ずつである。学問のどの部門、理事会でも男女同等のグループがある。

ブリンマーの教室、周辺に男子の学生がいることは、女子大学としての意味を失わせるのではなく、かえってその特徴を強めるものだと、現学長メアリー・マクファーソンは言っている。

小規模な私立大学が持つ特殊な雰囲気のひとつに、そこで働いている人びとの多くが卒業生であり、個人的なつながりを持っていることが挙げられる。アメリカ文明の特色である合理主義（この特色は今後いちばん問題になる点であろう）に貫かれてはいるが、個人的なスキンシップを感じさせる親しみのある礼儀、約束ごと、自己主張、自信がこのキャンパスの色彩と言える。

ブリンマーには、かつて卒業生の一人がその頃、アメリカ女性の中で最も有名な知的女性と言われたケアリイ・トーマスについてこのように言ったのを、当のケアリイ・トーマスがいちばん喜んでいたという話が伝わっている。

「わたしはブリンマーで習ったことはみんな忘れてしまいましたが、あなたが毎朝、チャペルに立ってお話なさった言葉の中で、わたしたちにこうおっしゃったことだけは決して忘れません。あなたはこうおっしゃったのですよ。――女性の力を信じなさい――
Believe in woman. ――と」

第九章　創る

モリス夫人宛の手紙

一八九九年十二月二十八日

昨年お話したように（前年一八九八年、梅子はデンヴァーで開かれた万国婦人連合大会に日本女性代表として出席するためにアメリカに渡り、ひき続いてヨーロッパ、アメリカを旅して、アデリン始めブリンマー時代の友人たちに会っている）、華族女学校を今年度が終わったら辞めるつもりです。どんなにこの時を待ちのぞんでいたか、わかって下さると思います。幼い貴族の子女を教えるという名誉はあるにしても、……私の計画はより高等な教育、とくに英語で政府の英語教育者の資格試験に備えようというものです。

今のところ、私立校でこの試験に備えた教育をするところは皆無で、女性で試験を受ける人はほとんどいません。

国立の女子師範学校は大変良い教科を教え、教員養成をしていますが（英語はない）、実際に職場を得られる人の数は限られていますし、卒業後の義務や制約があるので、問題があるのです。私は女子の高等教育に全力を尽くしたいので、どうしても自分の学校を持ちたいのです。

日本でも名の知られているアリス・ベーコンが助力してくれることになっていますので、とても大きな力になると思います。

御存知のように日本での授業料はとても安いものですから、学校を維持するのに、授業料に多くを期待できません。いま勤めている学校を辞めるのですから、政府から貰うサラリーは諦めますが、自分の生活費をこの新しい私塾から期待することはできません。とにかく五年ほどやってみて、充分な基盤の上に学校が成り立つかどうか見きわめるしかありません。………

とにかく、仕事を始めるための建物と敷地を手に入れるには三千ドルから四千ドルかかります。来年の夏までにどうしようかと頭を悩ませています。

この計画にすっかり頭のいっぱいな私は、どうしたらこの資金を集められるかあなたに御相談すれば、助けていただけるのではないかとお願いの手紙を書いている次第です。

例の留学基金の委員会の皆さまはこの計画に関心を持って下さるのではないでしょ

うか。ブリンマーに送った留学生は戻って来て私を助けてくれるでしょう。……ブリンマーのミス・トーマスにも助けていただけるか、お願いの手紙を書きました。……道が開けるのを祈っています。

……………

政府の学校で働いている限り、自分の考えている教育を実行する自由がありません。あなたやあなたの周囲の方に、私がこの計画のため華族女学校を辞めたがっているのを知られるのはかまいませんが、まだ辞意を表明したわけではないし、政府に対する責任から自由になっているわけではありませんので、この話が日本に伝わってこないよう用心して下さいませ。東京はゴシップのひどいところですから、噂が誇大されて流れるのは困るのです。どうぞ、相手を選んでお願いして下さいますか。

——『津田梅子文書』より

梅子は遂に私塾創設の機は熟したと判断したのだ。思えば長い歳月であった。華族女学校で教え始めて以来、十数年の歳月が流れていたが、梅子の内部世界では恐らく物心ついて以来、いや七歳のとき日本女性の未来のため、自分は外国に学ばねばならぬとその幼い魂に刻みつけられて以来の、培われ、熟成し、遂に発酵し始めた想念だったに違いない。私塾創設に踏み切ったとき、梅子は三十五歳であった。

わたしは今、文学の道をはるばると生きて来たわたし自身の遠い思い出を甦らせている。わたしもまたほとんど物心ついて以来、そのことを想い続けて来た。文字というものを読めるようになり、その文字に書き表された奥にある人間の息を感ずるようになった幼い日、絵本のわずかな行を前にして、わたしはいつか自分はお話を書く人になるだろうというような気がしていた。

そして、梅子やわたしに限らず、多くの人が非常に幼い頃から自分の将来を夢み始め、実際にそれに近い道を歩むことになる例をわたしは見て来た。わたしが世に問うことになった作品『三匹の蟹』を書いたのもまた三十六歳のときだったが、わたしはそれまでに二十年以上もひまさえあれば原稿を書きためていたし、作家になることはほとんど運命的なものだったのではないかと思う。それ以外の道などわたしには歩きようもなかったのだという気がしている。

さて、梅子のモリス夫人宛の文面に見られる通り、彼女はこの計画を、特定の人にしか打ちあけなかったらしく、同じ頃のアデリン宛の手紙にも学校のことは触れられていない。毎週のように書くおびただしいアデリン宛の手紙にこの重大な決意が見えないことは、むしろ不自然な感じがないでもないが、話が具体的になって来ただけに、日本の外交筋と緊密な間柄だったランマン夫妻から日本人に計画が洩れるのを用心したこともあったろうし、また経済的な面でランマン夫妻に迷惑をかけたくないという配慮があったのだろう。ランマン夫妻は梅子を実の娘同様に思っていたから、梅子の長年の計画が実現する段階ではどんな援助も惜しまなかったであろう。

間もなく、この計画が公表されるに至って梅子の周囲の人びとは驚いた。

当時年俸八百円の華族女学校教授の地位、社会的身分は、三十六歳の女性としては時代の先端をゆく恵まれたものであったろう。参考までに、週刊朝日編の『値段の風俗史』によると国会議員の報酬は、明治三十二年(一八九九年)で年額二千円、日雇い労働者は全国における一人一日あたりの年平均賃金、明治三十三年(一九〇〇年)三十七銭となっている。

世間一般の常識から考えれば、何を好き好んで無謀な計画をと思うのが当然の反応だった。

梅子はその私塾を「女子英学塾」と名づけて明治三十三年(一九〇〇年)七月二十日、東京府知事に設立の申請をし同年同月二十六日に認可された。

前章で述べた通り、アメリカから旧友、アリス・ベーコンがその春来日し、渡辺光子、鈴木歌子、桜井彦一郎がその事業を手伝った。

渡辺光子は、一八八九年当時来日したアリス・ベーコンが梅子の従姉《いとこ》渡辺政子(一八八五年、梅子が華族女学校で教え始めた頃、同じく華族女学校に勤め、赤坂丹後町に二人で一軒の家を借り同居していた）の姪、四歳の光子をアメリカに連れ帰って養育することにし、実際帰国のとき同行したが、その幼女が成長したのである。アリス・ベーコンは自分が養育した光子を梅子の私塾創設に際して同道して来日し、二人で梅子の事業を助けた。

　鈴木歌子は梅子がブリンマー留学のときモリス夫人の助けで集めた基金「日本婦人米国奨学金」で留学した。梅子がブリンマー留学から帰国したのは一八九二年で、その年九月から再び華族女学校に勤めたが、その頃鈴木歌子他何人かの女学生を自宅に預かっている。その時から、更に八年間を、梅子は再度のアメリカ留学の機会を与えてくれた華族女学校に報いるために捧げ、ここでほぼ、その義務を果たしたと思い、私塾創設を実現したのであろう。

　梅子は鈴木歌子に限らず、常に年若な少女たちを身近に置いて世話した。成長したそれらの少女たちはやがて戻って来て、梅子を助けている。

　桜井彦一郎は早くから女子教育を夢みた人で、明治女学校で教えていたが、梅子も一八九四、五年頃華族女学校で教鞭をとる傍ら明治女学校の高等科で教えていたことがあるのでその頃からの縁ではないかと思われる。梅子の私塾を「女子英学塾」と命名したのも彼だという。桜井彦一郎は創立の実務に当たり、巌本善治、新渡戸稲造などは創設期にその熱気の溢れる連続講演で梅子の新しい出発を祝った。大山捨松は顧問として、上野栄三郎（梅子の姉琴子の夫で実業家）は経済的な援助を惜しまなかった。

このように梅子を生涯に亙って物心両面で助けた人びとは数えきれず、これらの人びとをひき寄せた梅子の魅力の不思議さについてはすでに述べた通りである。

女子英学塾は同年九月十四日に開校の運びとなり、麴町区一番町十五番地のごく普通の日本家屋を校舎としてわずか十人の塾生でスタートした。学生は学力に応じて梅子を始めミス・ベーコン、鈴木歌子などからほとんど個人教授に近い形で教えを受けた。当時の一カ年塾経費予算は次の通りである。

「生徒三〇人分授業料七二〇円、
寮生五人分賄料一〇八〇円、寮費二二五円、収入、計二〇二五円
支出は、教員給料七二〇円、賄料一〇八〇円、雑費二二五円、計二〇二五円」

この予算では教職員がほとんど無報酬に近いものだったというしかない。因みに、梅子、アリス・ベーコンは無報酬で、最初の数年間（一九〇四年に専門学校の認可を受けるまで）、梅子は東京女子高等師範学校（お茶の水女子大学の前身）の講師で得る手当と山階宮家、岩崎家の家庭教師としての収入で自分の生活を支えた。アリス・ベーコンは塾で教えると同時に華族女学校で教え、その収入で暮らし、家賃としてなにがしかを塾に支払うことで梅子の長年の友情に応えたのである。

開校式の式辞を、梅子は英文の原稿を手に、日本語で次のように述べた（〔 〕内、大

庭。以下同）。

私が十数年来教育事業に関係いたして居ります間に、強く感じたことが二つ三つあります。第一は本当の教育は立派な校舎や設備がなくても出来るものであるといふことであります。………それは一口に申せば、教師の資格と熱心とそれに学生の研究心とであります。………

次に感じましたことは、大規模の学校で多数の学生を教へる場合には、十分其の成績を挙げることが出来ないといふことであります。殊に大きい教室で多数の学生を教へてゐては、知識の分配は出来ようけれど真の教育は出来ません。真の教育は生徒の個性に従つて別々の取扱ひをしなければなりません。………私はこれ迄数名の生徒を自宅に置いて格別の設備がなくとも、どの程度まで此れ等の生徒を教育することが出来るかを試して見ようと考へてゐました。

不思議な運命で私は幼い頃米国を〔ママ〕参りまして、米国の教育を受けました。帰朝したらば――之といふ才能もありませんが――日本の女子教育に尽したい、自分の学んだものを、日本の婦人にも頒〔わか〕ちたいと、かういふ考へで帰りました。けれども私が帰りましたその頃の日本は、今日とは大分様子も違つてゐて、第一働く学校もなく、今まで学んだ知識を実際に応用する機会もありませんでした。ところが今日では女子教育も非常に進み、御承知の通り高等女学校は年々殖えて参ります。又文部省では最近教員検定試験の制度を設けました。至極結構な制度でありますが、女子の高等教育が振はぬため、此の試験を受けられるやうな女子は、只今のところ殆ど一人も御座いません。英学塾の目的は色々ありますけれど、将来英語教師の免許状を得ようと望む人々のために〔働く場を与えるために〕、確かな指導を与へたいといふのが、少なくとも塾の目的の一つであります。………

最後に二、三の御注意を申します。専門の学問を学びますと兎角考へが狭くなるやうな傾があります。………英語の専門家にならうと骨折るにつけても……完《〔まつ〕》たい婦人即ち allround women となるやうに心掛けねばなりません。……

此の塾は女子に専門教育を与へる最初の学校であります。従て世間の目にもつき易く色々の点で批評を受けることで御座いませう。一体世間の批評などは、さほど重要なものではありますまいがもし斯様な批評が幾分でも、女子高等教育の進歩を妨げるならば、誠に遺憾なことであります。しかもその批評の多くは、学校で教へる課程や教授の方法について彼是云ふのではありません。ほんの些細なことを、例へば日常の言葉遣ひとか他人との交《き》際振りとか礼儀作法とか服装とか——かやうな細いことを批評して、全体の価値を定めようとします。それ故細かいことではありますが、かういふ点にも十分注意して、下らない世間の批評に上らないやうに気をつけていたゞきたいと思ひます。

…………

――『津田梅子文書』より

この式辞が日本語で述べられたということについて、山崎孝子は興味ある意見を述べている。

「梅子がこの式辞を日本語で述べたという点については疑問が残らないでもない。というのは、この後、式日などの公《おおやけ》の席での話はすべて英語であったからである。記録として残された文章はもちろんのこと、手紙・日記その他、すべて英文のものばかりである。日本語が話せなかったわけではないけれど、梅子にとっては、英語が自分の気持をもっとも自由に自信をもって表現できることばであった。しかし、この開校式の式辞については津田塾の歴史また梅子伝のしるすところは「日本語で」ということに一致しているし、入学式に参列した塾生の一人（奥山静氏）の回顧談によると、やはり日本語であったということである。考えてみれば、開校式当日に梅子が英語で話したとしても、何人の入学生が解し得たであろうか。梅子は私塾の第一歩を踏み出した日に形式張ったことばはひとこともいわなかったが、噛んで含めるとでもいいたいほど行き届いた内容を日本語でこれだけ長く語ったということは、あるすがすがしい決意を伝えているのではなかろうか」（山崎孝子『津田梅子』）

梅子のそのすがしさ、その口調を伝えるため、敢えて式辞引用を文書に残るままの旧仮名にしたが、梅子の真の目的は、その時点の世界の情勢から判断して、英語を手段に、日本女性の目を開かせ、女性に働く場を与え、社会での発言力を与え、男性と対等な立場に女性を引き出すことにあった。

梅子がブリンマー在学時代、後進の日本女性にアメリカ留学の機会を与えるための募金をモリス夫人援助のもとに集めたときの講演の趣旨は次のようなものである。

私はアメリカの女性の地位に常々強い印象を与えられている。

日本では他の東洋の国々ほどには女性に対する偏見がないとは言え、歴史的に封建制度、儒教、仏教などの影響で、男女間の意識は西欧女性に比べると随分違う。

儒教は女子に三従ありと教え、幼くては親に、嫁しては夫に、老いては子に従うのが女子のあり方とされて、女性は常に男性の支配下にある（梅子はこうした男尊女卑を打ち破るためにはキリスト教がよい影響を与えるだろうと言っている）。

日本は維新後四半世紀足らずの間に飛躍的な発展を遂げ、封建制度から立憲制をとる近代国家になったが、これはひとえに日本が欧米諸国に伍して行こうとする願望からである。その願いは今や叶えられて、男性は憲法による政府と国民による議会を持つようになったが、女性に対しては何もなされていない。

この歴史的改革の時機にこそ、女性の権利の尊重と、社会への参加が実現されるべきである。

上流階級の女性たちが社会に与える影響力は大きいと言わねばならないのに、現実には彼女たちはこの進歩する社会でいちばん立ち遅れている。隔絶された古い日本家庭の奥深いところで召し使いたちに囲まれ、新しい教育の主張するものから最も遠いところにいる。彼女たちの耳には新しい風の音は聞こえない。

それにくらべて夫と共に働かねばならない階級の女性には未来が近い。外の世界に接する機会もある。仕事も責任もない女性には発言力がないが、男女の差は下にゆくほど少なく、いちばん貧しい階級ではまだ平等に近い。中流階級では教育や訓練によって男女間の調和に欠けるところが目立つ。

女性は自分の名義で財産を持つことができず、彼女らのアイデンティティは父親、夫、息子、あるいは男性の親族にゆだねられている。結婚に自由意思は認められず、一度結婚してしまえば、別れることは不可能ではないにしても、別れた後はまたべつの男性に頼らねばならないし、離婚するときは子供を手放さなければならないのが普通なので、大抵の妻たちは横暴な夫の下にも忍従を強いられている。

現代、女性の教育への関心は高まっているし、教育によって女性が目醒《めざ》め、教育を受けた女性が上層部の目醒めない女性たちにも教師として近づく機会が与えられれば、日本社会にはずっと男女協調の機運が高まるであろう（梅子の指摘することはフェミニズムの始祖とも言えるものだが、梅子はどの場合も男性を排除するのではなく、協調の趣旨を述べている）。

そうした教育者としての女性先駆者を少なくとも四年間この国で教育するために必要な基金調達のために、もし皆さまが協力して下さるなら、あなた方が日本女性にも関心を持っていらっしゃる証《あかし》としての素晴らしい贈り物となるだろう。アメリカで学ぶことでキリスト教文明の恩恵に日本女性は目醒めるであろう。

——『津田梅子文書』より

また、女子英学塾創立の二年前、一八九八年のデンヴァー万国婦人連合大会に日本代表として出席した津田梅子のスピーチはアメリカの新聞に報道されて大きな反響を呼んだが、日本女性は近い将来、東洋諸国の女性の助け手となって、未来の男女協力の社会をつくるであろうと、女子教育者としての自負を世界に向かって述べている。

梅子には自分もまたアメリカの女性に助けられてその夢を果たそうとしているのであるから、未来において日本よりもっと恵まれない屈従の生活にうちひしがれている他のアジアの国ぐにの女性を助けなければならないといった、キリスト教的な使命感があった。

彼女の場合、キリスト教は常に女性の立場から道徳、倫理の面で儒教などと比較対照の上でとらえられているように思われる。

話が梅子とキリスト教に及んだので、明治期の日本キリスト教とアメリカ・ピューリタニズムの関係を物語る内村鑑三の手紙を紹介したい。この手紙は梅子の後援会長ともいうべきフィラデルフィアのモリス夫人が亡くなったとき、内村が送ったお悔やみの文面である。内田道子さんがこの貴重な手紙のコピーをわたし宛に送って下さった。

親日家であったモリス家を内村鑑三、野口英世、有島武郎、新島襄など多くの日本人が当時訪ねているが、内村は中でもモリス夫人とは親しい間柄だったらしく、その手紙の中で、モリス夫人が内村のアメリカ滞在三年半の間、母親のような愛情で接してくれたこと、またその後のキリスト者としての内村の活動のパートナーともいうべき支援者であったことを述べている。そして夫人は内村にしばしば、「あなたはまあ、ほとんどクエーカーといってもいいわね」という言い方をしていたが、内村は、夫人の言い方が、「あなたは全くのクエーカー教徒ですね」ではなかったのは残念だった、そして自分、内村にはクエーカーの影響があると人は言うが、その影響とはフィラデルフィアのモリス夫人、メアリー・モリスの影響なのです――と付け加えている。

わたしはこの短い手紙を何度も読みながら、梅子とキリスト教との関係も、内村とモリス夫人との関係に似通ったものではなかったかと思うに至った。ひとりモリス夫人に限らず、梅子が長い滞米生活の中で得た数々の心の友、チャールズとアデリン・ランマン夫妻始め、梅子の夢に加担して同じ人間の未来に支援を送ってくれた人びとの影響こそが、彼女をキリスト者にしたのであろう。それは、教義というよりは極めて個人的な人間的な、伝播する人間の息吹に対する信仰ともいうべきものだったのではないか。

内田さんはモリス夫人の孫娘に当たるマッコイ夫人の家に、ブリンマー在学当時（梅子がモリス夫人の支援によって設立した基金による）、しばしば出入りし、そのときこの内村鑑三の手紙をマッコイ家で見つけたのだそうだ。

つい最近わたしは有島武郎の小説を読みながら、しきりにブリンマーを訪れたとき見た同じクエーカーのハーヴァーフォード大学のキャンパスを思い出していた。

梅子はこの開校式に先立って、一九〇〇年八月九日付けでブリンマーのミス・トーマス（当時、ブリンマーの学長）宛に次のような手紙を送っている。

……華族女学校を辞め、社会的身分はすべて投げ出しましたが、これまでの十年以上に亙る教師としての経験は、自分の責任で新しい私塾を始めるのに役立つものと思います。

政府の学校を辞職するに当たっては、民主的なアメリカでは想像できないような困難がありましたけれど、とにかく無事に名誉ある辞職の運びになりました。

でも、初めの二、三年は日本の知己に私の計画の援助を頼むわけにはいかないと思います。そうするのは賢明とは言えず、初めはごく小さい規模でやり、友人たちに頼みたくはないのです。三年間の高等教育をするつもりですが、生徒は公立の女学校その他から募るつもりです。政府の行う英語の試験に備えるものとし、日本の他のどんな私立の学校より高い水準の教科内容にします。

すべての準備は整い、公式の認可も得ました。購入するにふさわしい建物も見つけました。モリス夫人は目標四千ドルのうち春までに集めた二千ドルを送って下さるそうで、秋までには更に集まるだろうと言って来られました。

建物は家具、補修費抜きで六千ドルします。十二月までに残りの二千ドルが手に入れば、土地を担保に借り入れをするつもりです。このようなことをお願いするのは過ぎたことかもしれませんが、この新しい仕事を始めるために、委員会が残りの四千ドルについて保証して下さるでしょうか。もしそれが可能なら二千ドルは手元に残って、他の費用を賄うことができます。

ここ数年、土地はかなり値上がりしていますが、購入希望物件はとても安いのです。私の新事業のアドバイザーは損をする心配は絶対ないと申します。

ミス・ベーコンと私は九月一日から仕事を始めます。未来は明るく、タイミングは最高です。長い手紙で申しわけありませんが、あなたのお力添えをお願いするために状況を説明したかったのです。……

梅子自身に聊《いささ》かも私心がないだけに、この素直すぎるといえる援助を願う気持ちは、不可思議に相手の心を動かした。ブリンマー時代の梅子の人望と、その後の世界各地での風評がその根底にあると想像するが、次つぎと信じられない額の寄付がアメリカの友人たちから寄せられ、半年後にはフィラデルフィア委員会からの送金で、元園町一丁目四十一番地の醍醐忠順侯爵の旧邸を買い受けた。

生徒数は一九〇一年三月には三十余人、一九〇七年には百四十人になった。ろくな広告もないままに口伝えで女子英学塾の名は全国に聞こえ、目醒めた若い女性たちが未来を夢みて梅子の門を叩いたのだ。彼女たちはハイカラとは凡そ正反対の地味な梅子と英学塾の雰囲気に唖然としたという。

一九〇四年に塾は専門学校の認可を受け、翌一九〇五年に教員無試験授免の許可を得た。これで卒業生は日本で最初に女子の英語教員としての職場を得る特典を得た。専門学校になってから梅子は初めて月二十五円の手当を塾から得た。

梅子は生涯発展し続ける塾運営のため経済的問題で苦しみ、その大半をアメリカと日本、内外の賛同者たちの寄付に頼り、厖大な量の手紙を書いている。その文面についてはすでに述べた通りだが、月に三百通もの手紙を書かねばならないときもあったという。
梅子の塾創設について初めに強い賛意を示したのは父、津田仙だと言われているが、梅子の資質、性格はこの父から受けついだものが多いと思われる。

「梅子の説明を聞いて、仙の心は動かされた。女子高等教育の開拓者として自分の娘が起つということは、考えるだけでも彼の心を朗らかにした。……教育に関する彼の興味と熱意は、学農社農学校を創めたことによっても察せられる。女子教育に対する彼の関心は青山女学院、フレンド女学校などの創立に参画したことによっても了解できる。しかしそれと同時に私立学校の経営が、如何に困難な事業であるかも、つぶさに彼は知っていた。それだけ前途に不安も覚えたが、教授〔華族女学校と女子高等師範学校〕の椅子を投げ出してまで、この道を選ぼうとする娘の決心を聞いて見ると、賛成しないではいられなかった」（吉川利一『津田梅子伝』）

「公生活ではキリスト教界の先駆者として、社会事業などにも功労のあった仙であるが、その私生活には欠点も多かった。仙〔は妻初子〕との間には五男七女をもうけたが、長男元親が三十五歳（一九〇一年）で世を去り、三女ふき子が二十一歳で亡くなったほか、三人が夭折《ようせつ》している。仙にはこのほかに女中との間にもうけた一男があった。初子はこのことについてかなりはげしく悩んだらしい。潔癖な梅子も母方の姓（金子）を名乗ったこの異母弟とは会おうともしなかったが、やがて彼が成人して世に出たのちは、もう心のしこりもとれたのであろうか、姉弟の交わりを結んだ。こうした過失についても仙はひそかに隠し持つという陰性の型ではなく、公《おおやけ》の席ではげしく懺悔《ざんげ》することもあるというタイプであったため、知る人も多かったといわれる。

鎌倉に引退後は、梅子の思い出によれば、仙も初子の琴を楽しんだり、二人で碁盤を囲むこともあり、静かな生活であったらしい。初子は享年六十七歳で世を去った」（山崎孝子『津田梅子』）

仙は前年（一九〇八年）、享年七十一歳で横須賀線の車内で息絶えていた。月桂樹の苗木だけが鎌倉駅に届いていたが、仙が鎌倉の自邸と教会とに植えるためだった。

私がこの「津田梅子」を書くに当たって多くの方々から、たくさんの興味ある資料を寄せられたが、利害関係のない立場で梅子の人物像を語った珍しいものに、水藤節子さんが教えて下さった女子英学塾第五回卒業生の岡村品子（岡村しな）さんのインタビュー記事がある。

インタビュアーは一九八二年当時在アメリカのフリーランス・ライター村上由見子さんで、ロサンゼルス日系人敬老ナーシング・ホームにいた岡村しなさんが満百歳になろうとしていたときの話である。岡村しなさんが一九八二年五月に満百歳になる直前、一九八一年夏から秋にかけて週一回約一時間ずつ、村上さんが話を聞き、岡村さん自身の言葉で再構成したものだそうだ。

岡村さんは若いとき、女子英学塾で津田梅子に直接教えを受け、その語り口は、梅子の風貌を生き生きと伝えるので敢えて、長年の滞米生活で日本語も覚束なくなっている岡村さんの口調そのままを残す。なおこのインタビューは津田塾大学オーラル・ヒストリー・シリーズ第二号の「卒業生に聞く」として村上さんから寄せられた。

岡村しなさんは一八八二年（十七歳の梅子が十一年ぶりでアメリカから帰国した年）、神戸市に岡村藤兵衛の長女として生まれた。

以下、かいつまんで、梅子にまつわる話を主に引用する。

「百歳、もう恥ずかしいけどね。どうにもしようがない（笑い）。めでたいけれどね、この前の誕生日にね、伜と嫁がそろって（東部から）来てくれたの。でもね、百っていうと、ちょっと困ると思うね、めでたくない、恥ずかしいわ。

……だけど、今、everyday に起きることは、すぐ忘れちまう。昔のことは、はっきりわかる。

……………

私は小学校出て、その当時まだ女学校というのがなかったから、お裁縫やお茶やお花、習ったり、お嫁さんの稽古ばかりしてた」

一八九九年結婚、しな十七歳。

「主人は（私とは）親戚続きで、（私が）十五、六からほとんど毎日一緒だったからね、naturally にお互いに好きになって結婚しました。主人は、私より二つ上だったか。主人は中学出て、おじの家に養子に来て、神戸の商業学校から（東京の）一橋高等商業学校行って、一九〇四《ナインティーンオーフォー》年に卒業しました。

神戸で結婚して東京へ出て来ました。夫は（一橋）高等商業学校へ行ったでしょう。主人がその時分、英語が（これからアメリカへ渡る計画があったので）必要だと知っていたでしょ。主人と相談して、私は『女子英学塾』へ。

結婚して、二人とも学校へ、部屋借りして自炊して、ほうぼう（住んだけど、そのひとつが）市ヶ谷見附の三河屋さんという酒屋さん、そこの二階。たいてい東京には煮物屋があるでしょう。つくだにや、そんなもの買ってきて、味噌汁をこしらえたりして自炊。

ところが一九〇三年に pregnant（妊娠）になったの。これで学校へ出られなくなって、see、家（神戸）に帰って、翌年一九〇四年の二月二十九日、お産をして、死産で、子供が死んで生まれたの。幸か不幸か、そのお陰で私は学校へ戻ってきた……。その年（一九〇四年）に夫が高等商業学校卒業して、そしてこっち（アメリカ）へ来てしまって。私は子供が亡くなったし、学校へ帰って、津田先生のお家においていただいた。

私は、ただ一人ですよ。（直接）先生のお家にいて、先生の everyday life をみて、教訓を受けたのは。ほんとうに、big honor です。（私が）only one、先生と一緒に二年も同じお家にいて everyday ……。おしなさん、おしなさん、っておっしゃって下さってね。本当に先生のご恩は何と言っても忘れられません。立派な方でした。先生の女子教育ってことに熱心な最中に、私がそこにいたの。

学校は麴町、塾みたいな、昔の寺子屋みたいな、ちいさーい、始められた時だった。生徒は五、六人だったが、『女子英学塾』と言って。私は結婚していたから、生徒の中でも一番上。英学塾では英語ばっかりだったけど、地方から来た、女学校出の人が多かった。私は小学校だけで、津田、行ったんですよ。

私は、英語はごく幼稚だったの。でもね、稽古はしておりましたからね。その時分、日本は小学校でも、なんか英語の稽古はありましたんよ。（小学校の）先生が、frock coat 着てね、その pocket からアルファベットのA、B、C、なんて、こんなカードを出して教えてもらった。（その）先生の姿、今でも見える。………

………あの二階に、先生のお寝間があって、その下がね、私たちの教室で、私が入った時は、もう八畳と六畳かね、二つ部屋があって。………

昔のお公家さんのふるーい家だった。私は、先生の二階へ泊めていただいたの。四畳半くらい、そこに一人で。先生がとなりの部屋、そこがお寝間で。昔流のね、あなたなんて想像つかない、日本流のはしご段があって、ごく質素な、（そこで私は先生と）寝食を共にした。（キッチンなんか）そりゃ違うわ、（アメリカとは）。日本じゃあんた、ガスも――炭ですよ、炭火でたいてた。

食べ物は苦労しなかった。先生のお家にいたからね。時々、西洋料理を食べたことがあったね、ローストチキンとかね、御馳走になったこと、あった。

（津田塾の月謝は、の質問に）

安いもんですよ、いくらだったかね、それはわからない。主人が払ったんでしょうね。それは知らないわ。私は、お金のことは、まことに、よく記憶できない。

………

先生は（日常たいてい）着物。袴つけて、ここ（胸元）に時計をつけて、鎖をこうしてさわっているのがくせだった。小さい、小柄。私より小さい。手にえくぼがあって、かわいい。指でも短いの。小さいから。（どちらかというと）肥るたちでしたね。背が低いから（どうしても）肥ってみえる。

四季の時（折々）に、ふるーいオールド・ファッションの洋服着てらした。昔アメリカへ行った時の。

先生は質素でね、パーッとすることが嫌いでね、どうして日本のあの（質素を大切にする）気持ちを、小さい時に離れた国のことを、（それほど）覚えていらしたということは、それは不思議議です。

………朝は、学生が起きるより早く目を覚まして、日本流の洗面をして、朝ご飯も学生と一緒に食べて。朝ご飯、すんだら、すぐ学校の方へ。………

先生は、融通のつかない厳格な方だった。ノーと言ったらノーなの。だから英語ひとこと習うのでもね。完全になるまではノー、no, not yet once more please、そういう方だった。そりゃ立派な先生です。

先生の教える熱心なことはね、――ご自分がぜんそくで、いつでもハーッとセキをよくなさっていた――そういう時でも、教室を休む時は、病室に学生をよんで、レッスンをなさる。

日本人はRとLが………（よく発音できない）エール、top of your tongue up………あー、なんていうの、あご、エール、エール、try again, no, not yet.

そんなでしたよ。厳しかった。だから、先生の英語は（完璧だったから）、私、（アメリカの）どこへ行っても、お陰様で、good English って言って下さる。

…………

（実は）津田へ入ってから、キリスト教になったの。先生の人格（にひかれ）はキリスト。実を言えば、こちらへ来てから出会うアメリカ人がね、キリスト教の教えに反対したことがたくさんあるから、それで失望してしまってね、キリスト教を忘れちまったの。

……先生は英語で話しててもね、火箸を持って日本字の稽古、灰の中でしてらした。

……先生は、アメリカは好きだけどね、……頭に浸みこんだ……日本の spirit、……日本人であることを忘れないようにせい、英語をしゃべることは何でもない、日本の spirit を忘れるなって。それが偉いところで、先生の。本当、たしかにそうなの。それを頭にたたきこまれた。

……日本人の固有の規律、spirit をね、頭にもってた人です。七つの年にアメリカに来て、すっかり日本のことを忘れて、十年（十一年）目に日本に帰って、そうして、こりゃ日本をどうにかしなきゃいけない、ということを頭に浸みこんだ（真剣に考えた？）人だからね。

…………

Every Saturday（毎土曜日）は寄宿生と食事を共にして、食事のあとにはちゃんとアメリカの話などをね、よーく教えて下さった。学生のためになる話を（その内容までは、覚えていない様子であった）。Saturday night にはね、手紙を書いて、アメリカで（留学時代に）世話になったランマンさんて人に、every Saturday night, never failed（毎土曜日の夜、必ず）その mail するおつかいを、私がしたの。二人友達つれて。日本の郵便箱（は当時）、ここ（敬老ナーシング・ホーム）の今、trash（ゴミ）を入れるのちょっと、箱、木のふたが、（手紙を）おとすと、ポタンと下へおちるような、そんな古風の（ものでした）。そこへ入れてくる。太平洋横断するのに二週間以上はかかったでしょうね。だから先生は every Saturday お書きになった。ちがったもんだ。不思議な、感心な方でした。

（先生のお部屋は）書物ばかりつみ上げてあった。何でも Library のように使いなさいって、自由に、私だけには許してくれた。ありがたいことです。

………先生は一時、華族女学校で教えていたけれど、それ、面白くなかったから。やっぱり、日本の女子の（教養）程度が低いから、これはもう少し程度を上げなくちゃだめだって。………

先生はユーモラスで、大きないい声でね、ハハハーって大笑いなさる。先生はね、出来るだけ日本語を自分で自習しなければならないっていう考えをもっていらした。

土曜日のお夕飯はね、生徒と一緒にね、必ず、そのお食後にね、何かお話を教えて下さるの、その時は英語で。それが済んだら、日本語に変わってね、お茶でも飲んで、ハハハーってお笑いになるの。

…………

(津田先生は、どうして一生独身でいたのでしょう、の問いに)

さ、それはご自身でおっしゃらないし、われわれが察しているだけだけど、なんでも、中村ケンゾウっていう学者があった。その先生がね、アメリカに留学してらして、その方が大変好きだった、っていう風説(フーセッと強めて)がある。そういうこと、われわれの耳に入るのは早いから(笑い)。ウソか本当か知らないけど。(それを聞いて)先生が少しニコッとなすったかもしれないけど……」

岡村さんの話は梅子の肌の匂いを立ちのぼらせる。同時に当時の日本の生活風景が浮かび上がってくるので、敢えて長く引用した。

生徒十人で始めた開校当時の塾は岡村さんの話に出てくる公家屋敷より更につつましい建坪八十三坪の普通の日本家屋で、教室には階下六畳二室を当て、その一室は食堂と兼用、一室はアリス・ベーコンの居間と兼用というものであったのだ。

この岡村さんの話でもわかるように、梅子は教育とは人と人との接触から生まれるものだという信念を持っていて、そのようにして育てた人たちは、ほとんど生涯に亙って梅子を慕いなつかしんだ。

岡村さんの話にもあるように小学校しか出ていない学生をも受け入れた創立当時の塾は、個々の学力に応じた教育で結婚している女性をも区別せず、その学生の夫とも梅子自身面接もして親しく話し合っている。

わたしが一九四九年から一九五三年まで在学中も、結婚してから入学する人、在学中に結婚する人がときにあって、そういう例は他校では珍しかったように思う。これも、梅子が女性の生き方について、とらわれない自然な考え方をしているあらわれであろう。梅子自身は独身を通したが、結婚している女性、しない女性にとくべつの差別をせず、伸びようとする者に機会を与えた。

岡村さんは一九〇四年に一足先に渡米した夫君より三年遅れて一九〇七年にアメリカへ渡った。そのときは梅子やアンナ・ハーツホンのはからいで、政府の使節団の一行と同行する機会を得た。

後、何度か、日本に里帰りする度に梅子を訪ねている。

村上さんはこのときの岡村さんとのインタビューから、岡村さんとその周辺の人びとの繰りひろげた劇的な生涯を『百年の夢』と題して新潮社から出版した。『百年の夢』は梅子とはまたべつの物語であるが、梅子を辿る百年にも重なる日米百年史である。岡村さんは、一九八四年、百二歳でこの世を去った。

第十章　芽生え

六歳でアメリカに渡り、十一年の留学生活を終えて帰国した梅子は十七歳になっていた。その年、一八八二年に岡村品子は生まれ、長じて梅子の創立した女子英学塾に学んだ。品子はその後長くアメリカに住み、百二歳でその生涯を閉じた。

梅子は一九二九年に没し、わたしはその翌年一九三〇年にこの世に生を受け幼年期、少女期を長い戦争で過ごした。一九四九年から一九五三年まで十八歳から二十二歳まで小平町の津田塾大学で学んだことが、この書を著す縁となった。

太平洋戦争後間もない日本はまだ飢えからも解放されず、物質的には極貧の時代にあったが、武蔵野の四年間の学寮生活は精神的にはわたしの生涯でもっとも豊かな思い出に満たされている。青春期にある学生たちはそれぞれに個性的に反逆の精神にみちみてはいたが、創立者津田梅子に対しては一様に奇妙な敬愛を感じていた。

講堂にかかげられた地味な和服でゆったりと腰かけた梅子の質朴な農婦といった趣さ

えある肖像画は、凡そ洒落た雰囲気とは程遠いものだった。無軌道な戦後派の若者たちを呼んでアプレ・ゲールといった当時の流行語があったが、華やかに大胆な服装と行動で闊歩する学生も少なくはなかった。けれど、彼女たちもまたその背後に梅子の肖像画をつねに意識していた。

人はどのように生きようと、この世には、梅子のような人間の力があり、全ての言動はその師の眼に見据えられているという自覚が塾生にはあった。人はそれぞれの誇りと名誉にかけて己の言動に責任を持たなければならない、これが塾の校風であったから。塾のキャンパスには当時の日本には珍しく全体主義的な匂いはなく、学生は個性を尊重されたが、厳格に能力主義的だった。

入学して一年くらいの間に、自分で自分の学力を判断し、塾のやり方について行けない者は、己に適した別の道を選ぶのがよい、去る者は追わないという雰囲気が強かった。授業をサボることは実際にはほとんど不可能で、度重なると落第するしかなかった。当時は学生数も少なく、一教室二十人以下の演習風なものが多かったし、事実上一回でも休むと次の授業についてゆけなかった。宿題は提出したものをきびしくチェックされ、宿題、試験答案を含めて及第しなければ単位はとれなかった。怠けた者は納めた授業料を無駄遣いするという考え方である。

わたしは親切な友人に恵まれて、宿題などよく助けて貰い、落第すれすれのところで辛うじて卒業したが、個人主義的、能力主義的な教室で、そのような友人に恵まれたのはどういうわけであったのだろうと、ずっとのちになってまでも不思議だった。しかし、今になってよく考えてみると不思議ではなく、わたしは周囲の人たちの多くがあまり興味も示さない文学書に読み耽《ふけ》って、わけのわからない下手くそな小説を書くために英語の勉強ができなかったのだが、彼女たちはそれをわたしの特殊な能力だと判断して、助けてくれたのである。つまり彼女たちは、心のどこかで創立者梅子の個性尊重と個人尊重の気風をよく受けついでいた。とにかく友人たちの助けでわたしはまがりなりにも塾の卒業証書を手にすることができたため、その後の人生で随分と得をした。

世界中の大方の国ぐにの首都と言われる町、学都と言われる町に塾の同窓生が一人もいないことはほとんどなく、わたしは旅をしていて、初めて訪れるそれらの町で、単に同窓生だというだけで大変世話になった。小さな私塾で、前後三、四年くらいの開きだと、大抵顔にも見覚えがあり、またそれ以上離れている場合でも、同じ教室で同じ先生方に教わった記憶はお互いの心を近づけ、わたしたちはまたたく間に長年の友人のような気分になった。わたしは今の作家という立場を利用してそれらの知己を得たわけではない。めぐり逢った同窓生から信じられないほどの親しさで、昨日まで一緒に生活していた友人から受ける親切な世話を受けたのは、わたしがまだ若くて全く無名の時代の話である。

つまり、塾のキャンパスには個人的なつながりを大切にすることで、人と人の間に育つものこそが人生の大きな愉しみであるといった気風があった。それは、創設者梅子以来の血肉によるものではない、共に学ぶ者の親族といったものだった。たとえば、わたしの入学した年度は日本全国の都道府県から必ず一人以上は学生が来ていたように思うが、そういう人たちはその地方の先輩から何らかの形で梅子とその後継者の影響を受け、塾に進学することを選択したのであった。

わたしは今、秋田市の川口栄子さんが送って下さった濃い紫の山なみに残った雪を想わせる鳥海残雪というお菓子を口に入れてお茶を飲もうとしているところだが、川口さんは関東大震災の直後に塾で学んだ先輩で、わたしの亡くなった母と女学校時代同級生だった。

わたしの母は塾の卒業生ではないが、恐らく川口さんを通して塾の教育は聞き及んでいたであろうし、また安政生まれのわたしの祖父は新しい農業について梅子の父、仙のことをよく口にする人だったから、わたしが梅子と英学塾の名を何となく聞き覚えのある親しいものに思っていたことが、塾に進んだことと無関係とは言えない。

小さな私塾のこういう親密な人間関係はある意味で鬱陶《うっとう》しいとも言えるが、大きい学校では決して得られない個人の息遣いといったものだ。個人の人格を見据え、自分の力で判断する津田風の約束に従っている者同士の信頼感である。

この同じ感じは梅子の学んだブリンマー女子大学にも色濃くあり、わたしがアメリカにいた頃ブリンマー出身の人に出遭うと、創立者の梅子がブリンマーで学んだ日本人であるということだけで、そしてわたしが塾の卒業生であるというだけで、ある程度の信用を得た。

そしてわたしが津田塾大学で修得した単位は少なくともアメリカ国内では非常に高く評価されていて、わたしは有利な条件で大学に在籍することもできたし、またアメリカで日本人が職を得るのが難しい時代、ちょっとした職場を得ることもできた。

世界の各地でめぐり逢った塾の同窓生の中にはその地にすっかり根をおろして暮らしている人も少なくない。同級生の中には外国人と結婚した人も何人かいるし、わたしたちの世代の女性が日本社会では実力相応の場を与えられなかったため、外国の大学に残ってしまった人も何人かいる。

カナダ・モントリオール、マッギル大学の文化人類学者井川史子さん、スイス、チューリッヒ大学の地理学者岸本治子さんなどは日本の頭脳流出といった塾の同級生だが、わたしは旅の途中ふらりと立ち寄って泊めていただいたりした。

戦後、労働省婦人少年局の局長の椅子に坐った人たちの中には山川菊栄、藤田たき、森山眞弓《まゆみ》、赤松良子の四人の塾卒業生がいて、それぞれの時点で女性の地位向上のための道を伐《き》り開き、後継者にバトンを渡した。

文化人類学者の中根千枝、前内閣官房長官森山眞弓、外交畑でも活躍している赤松良子らは、旧制津田塾専門学校から戦後初めて女子に門を開いた東京大学に旧制高等学校卒業の男子学生と肩を並べて入試を競って合格した人びとだった。

女性のための画期的な法案、男女雇用機会均等法が成立したのは赤松良子が婦人局長（婦人少年局から昭和五十九年に独立した）のときである。

これらの塾出身者たちはいずれも梅子の後進として創立者の意思を引き継いで女性を陽の当たる場所へと導いた。前述した人びとはある意味で世間的に脚光を浴びた昭和の女性像だが、どれほど多くの無名の塾同窓生が梅子の蒔《ま》いた種子から発芽して伸びた枝に、密かに花を咲かせ、また種子を蒔いたことか。それはまた、百年前、梅子が顕微鏡の中にみつめたカエルの卵の分裂にも似ている。

一九九〇年の現代、日本の多くの大学が共学制度をとっている中で、津田塾大学は女子大学であり続けている。アメリカのかつての名門女子大学のかなりの数は共学に移行したが、梅子の学んだブリンマー女子大学は女子大学として残っている。もちろん単位の修得その他、いろいろな点で他の男子大学との交流は多いが、女子大学として存続していることは、何らかの意味があるのではないかと最近わたしは考えるようになった。

わたしの世代は長い戦争に幼児期と少女期を過ごし、学校制度も旧制度から新制度へと在学中に切り換えられた。わたしは大学は発足したばかりの新制度で学んだが、卒業するまで共学を経験したことがない。当時共学への道が開かれて間もない頃だったので、青春期の娘としては傍らに異性の多い共学を横眼で眺め、心のどこかで羨《うらや》んでいた。

その後アメリカに行ってアメリカの大学で共学を初めて経験し、またずっと後になって共学のキャンパスで教師めいた立場で学生と接するようになったとき、もしかしたら人生のある期間、同性だけの学舎があってもよいのではないかと思うようになった。

それはこういうことである。女子の場合を例にとると、女子大学、あるいは女子高校で学生たちが何か計画し、学習研究するとき、異性が一人も傍らにいないので、世間一般には男性の仕事だと考えられているようなことでも女性の力だけでしなければならないことがよくある。そういうとき、女性は女性独自のやり方、方法を自分たちで開発する機会を持つ。また自分自身の思わぬ能力を発見するきっかけになる。

たとえば、わたしは塾時代、演劇部の責任者めいた立場だったことがあるが、役者、演出はもとより、裏方の大工から照明、衣裳にいたるまで、ある程度のマネージメント、手配を手がけなければならなかった。だがもし共学の大学であったなら、男性、女性の役割分担が自然に分けられてしまい、女性は女優と衣裳、などに集中してしまうだろう。こういうやり方はある意味で思い込んだ性差別につながるもので、その人の潜在的な能力、才能を結果的に埋もれさせてしまう。

このことは女子に限らず、男子にも言えることで、男性は周りの女性が手を出しすぎることで、本来持っているかもしれない、常識的には女性向きだと思い込まれている分野の能力を開発する機会を逃してしまう。

女子大学出身者の多くが異口同音に呟く共学の大学出身の女性への批評は、「彼女たちは男性に遠慮ばかりして、はっきりものを言わないわね」という言葉である。女子ばかりのキャンパスでは女の子たちは素朴に自分の個性でものを言い合い、派手な論争も繰りひろげるが、共学のキャンパスの女子学生はひっそりと片すみで男子学生のやり合うのを見物しているだけだという見方だ。

まあ、こういう意見は、わたし自身のその後の人生経験から判断すると、ある程度当たっているように思う。人生の大半を人が異性と過ごすのはごく自然なやり方で、いずれにしろ、人間社会における男性と女性の割合はほぼ半々なのだから、双方とも異性の特性を敬愛するのは当然である。しかし、何十年間の人生の数年間を同性だけで過ごす合宿期間があることは、決して無駄ではないのではあるまいか。異性が周りにいない不自然さ、不自由さが異性の力が欲しいと思う気持ちをひき起こし、人は一つの性よりは両性の力に頼るほうがよいと気づかせるなら、それもまた重大な意味を持っている。

そんなことで塾の卒業生であるわたし個人としては、母校が女子の私塾であり続けることを願っている。

一九八九年十二月に、「月刊Ａｓａｈｉ」の編集部宛に京都の成安女子高等学校の前島習二先生から一年生の生徒四十八名の「津田梅子」に対する感想文が寄せられた。こうした読者の支持は書き手にとっては何よりも嬉しいことで、わたしは早速熱心にその全部を読み、梅子より百年以上も遅れてこの世に生を受けた若い命が、梅子の熱気を感じとってくれていることに心打たれた。

「私は社会の時間、〈津田梅子〉シリーズのNO1を先生が配られたとき、こんな長い文読まんとこ、と思ってて、中間テストで〈津田梅子〉の感想文を書かなければいけないと聞いて、しぶしぶ読んだのが初めてです。でも、読むと梅子さんの魅力にひかれて、つぎつぎと読みました。ここまで言うとオーバーですが、〈梅子〉シリーズを読んで、私の人生は一転しました。梅子さんは当時、男性の力の大きい時代に女性の地位を広げてくれました。昔、女性は男性の物というように考えられてましたが、梅子さんはその固定観念を打ち破ってくれました。

梅子さんの性格は周りの人を魅きつけます。どんな人も梅子さんを認めています。学力だけでは、こんなにたくさんの人を魅きつけられないでしょう。梅子さんは知性と温かさ、ユーモアとあらゆるものを持っています。

………梅子さんの活気にあふれた行動………その生き方のすばらしさに魅せられた人たちが梅子さんを支持して、つまり周囲が皆梅子ウイルスにかかったのでしょう。私も

そのウイルスにかかった一人です……」（神野まい子さん）

「……津田梅子さんは異性に魅かれ、男性的な力を認めている女性です。とても自然的だと思いました。……お互いに助け合うと言うことは、一人では何もできないということだと思います」（隅野純子さん）

「津田梅子という人は男女差別について経済的自立から考えていこうという人だと思う。そのなかで学び、考え、アメリカ留学というものへ取りくんできたが、昔のアメリカにはいったい何があったのでしょう。日本人の夢と希望だったアメリカとはなんだったんでしょう。そのアメリカと日本の違いはなんなんでしょう。……やっぱり男女差別、そういう面でみると、アメリカは日本よりも自由な国と思える。……私自身私学に通っているが、その理由はいったい何なのでしょう。……私は（いろんな）疑問があって公立をやめて成安女子高等学校に入った。近所の人は公立が理想でいい学校と思っているけれども、私はなにか違うと思います。……今日〈津田梅子〉を読んで、津田梅子の人生と考え方と女の生き方、立場、それに教育、私塾のあり方を知り、これからの自分の生き方を考え、……私学にしてよかったなと思いました」（宮本佳子さん）

教室で提出する感想文だから、先生に気に入られたいという気持ちは当然あるにしても、広い意味で梅子に動かされた現代の若い魂の息吹の伝わってくる文章である。わたしは「津田梅子」第八章の最後をケアリイ・トーマスの「女性の力を信じなさい」という言葉で結んだが、その言葉は多くの少女たちを感動させたらしく、随分何人もの人たちがそのメッセージに頷いている。少女たちの反応を読者に伝えたくて、感想文の一部を前島先生に感謝の意をこめながら、引用した。

梅子が多くの人を魅きつけたことは何度も述べたが、彼女はその生涯で同時代を生きた何人かの傑出した人びとと会う機会を持ち、どの場合も相手に少なからず強い印象を与えた。

一八九八年にデンヴァーで開かれた万国婦人連合大会に日本婦人代表として出席したとき、その帰途、英国の知名夫人たちからも招待され、半年間ヨーロッパに滞在した。その間に英国ではヨーク大主教夫妻に会い、キリスト者の生き方について、独自の信念を持つようになった。このとき大主教は梅子に「自分も若い頃は教養のことが気になって説教したものだが、年をとるにつれて、今ではキリストの愛と生き方のことしか考えなくなった。キリストに似ること以外、事業も教養もない」という意味のことを語った。そして梅子に「主の恵みと知識において豊かになることを」（ペテロ後書三章十八節）という聖書の一節を書き与えた（『津田梅子文書』ロンドン日記）。

梅子は公的な場所でキリスト教について説教じみた言動を示さなかった人だが、アデリン宛の手紙の中には、彼女のキリスト者としての信念が折にふれて見える。たとえば、日本人の多くが近しい者の死に遭って異様に打ちひしがれ、愁嘆に暮れるのは死後の復活を信じていないからだといった言い方をしている。実際、梅子は両親や親友の死にも取り乱した嘆き方をしていない。その死を静かに見守り、その甦《よみがえ》りを信じている。

彼女は塾に全身全霊を傾け、命を吹きこんだのであるから、彼女の育てた学生の中には自然に梅子の命は甦るはずであり、殊更に学生に入信をすすめる必要はなかった。わたしの記憶でも学生には文学として聖書を学ぶ機会が与えられ、また学内のどこかで礼拝が行われ、聖書研究会などが開かれていただけだ。これは幼いときランマン夫妻から伝えられた自由の精神であり、またヨーク大主教との出遭いで強められた梅子の信念のように思える。

当時七十八歳の高齢だったフローレンス・ナイチンゲールにもこの英国滞在中に会っている。二人が女性の未来について語り合ったときの印象記は、さながら、フィルムのひとこまの画面のように同じロンドン日記の三月二十日に語られている。

『津田梅子文書』の中には明治三十四年（一九〇一年）二月から四月まで三回に亙って「女学講義」に口述でヘレン・ケラーに会った話が記されている。梅子は一八九八年の八月にヘレンを訪ねているから、デンヴァー会議で渡米したとき、その機会を得たものと思われる。

当時世界中で話題になっていた盲唖の才女ヘレン・ケラーとの会見記は、ことにわたしの強い関心を魅いた。ヘレンが非常に文学的な少女で、巧みに文章を作るのは、ヘレンが霊魂の眼をもって天然を見ているからだと梅子は言っている。梅子のヘレン・ケラー会見記には盲唖の少女がいかにしてもろもろの事象、想念を記号と合致させて認識するかがヘレンを教育したサリヴァン女史の具体的な話と共に語られている。

此時分ヘレンが大層可愛がツてゐた一つの人形がありまして、何時も離さぬやうに大切にしてゐましたが、この人形が即ち、サリヴアン女史が、ヘレンを教へる第一の便宜となツたのです。即ち最初に品物には名があツて、其名には之を表す記号がある、何といふ記号をすれば、何と指すのだといふ事を教へんが為に、かの人形を種として、我が指尖にて、ヘレンの掌に人形を表す伝言符号を印する事をしまして、ヘレンをして、之を悟らしめ得るまで、毎日同じ事をなして、三ケ月を費しました後に、やうやく符号と品物との間に関係をつける事、即ち、サリヴアン女史が、自分の掌に、指尖で触れて、いつも同じ変化で動かしてゐるのは、これは人形の事を云ツてゐるのだと暁り始めました。かうなると、物を教へる道が立ツて来ましたから、それからは同じ手続きにて、いろ〳〵の事を教へ、五ケ月程過ぎた頃には既に六百廿五の物の符号を覚えることになりました。また自分で其符号を表はすことも出来、盲人用凸出符号にて出来たる書籍も読みました。……

………またヘレンが、幾何を勉強する仕方を見せて貰ひましたが、それは座蒲団のやうなものの上に、種々な丈の細い棒に留針の附いたものを、抜き差して、三角や四角を作ツて理論を考へるのです。………ヘレンはまことに無邪気で、世馴れてをらず、其愛らしさは、殆ど幼児のやうです。世界中に言ひ伝へられて奇妙不思議な才女よと噺されても、ヘレンは殆ど之を聞き知ることなければ、まことに平気なものです。………

……………

――『津田梅子文書』より

幼くして盲唖になったヘレンは野獣のように狂暴な性質であったのに、教育によって自己を表現する力を得てからは打って変わった温和な性質になった。心の目、心の耳で明白に宇宙の美を観察して、豊かな思想表現力を持つに至った盲唖の少女を現実に目の前にみつめたとき、梅子は日本の少女たちに外国語を教えるときのことを思い合わせていたに違いない。

梅子は異国の言語を教えることによって、言語の奥に秘められている魂の衝動についていっそう深くかかわらざるを得なかったのだ。

梅子の日本語は終生、やや外国人めいたものだったらしいが、これは梅子の言語に対する感受性が極端に鋭敏なため、安易にコピイすることが不安だったからであろう。梅子が日本の古典的文学作品を英訳したり、また日本語、英語で書かれた同時代の文学作品をよく読んだことからも、彼女の文学的感性、言語に対する異様なまでの執着がわかる。

梅子は有名無名を問わずさまざまの分野の人たちに会い、その話を聞くことを愉しんでいるが、相手の身分にかかわらず、その素直なまでの好奇心と敬愛の念のあふれた、さながら少女のような態度は、いつの場合にももの怯《お》じしたところが少しもなく、自分の意見を吐くときは堂々としていて、相手の言葉に耳を傾けるときはひたむきな真面目さがある。この礼儀正しい真摯《しんし》な好奇心こそが相手の心を開き、その会見のひとときをお互いの心に残る交歓の場としたのだ。

一九〇七年の欧米の旅のときはルーズヴェルト大統領夫妻に会い、日本の四十七士の話などしている。

私塾創立後の梅子の毎日は塾の運営、後進の少女たちの（留学生を送るなどの）未来の計画のために奔走するといったことに明け暮れている。アデリン宛の手紙の文面はただ忙しい、忙しいの連続で、二十年前アメリカから帰国したばかりの頃の母国日本に対する驚き、嘆き、周囲の風景の生き生きとした描写も少なくなり、生彩が乏しい。晩年のアデリンは少しぼけて来て、梅子の文面はアデリンのこぼし話や旧知の友人たちの消息に相槌を打つくらいになる。

そういう中で突然梅子の文面がきらめく波の輝きを見せるのは旅の途中からの手紙である。旅好きの梅子にとっては視察などの目的を兼ねて出る旅の間だけが連日の殺人的忙しさの中で身心休養の機会でもあった。


一九〇七年梅子は妹よな子と船でスエズからイタリアへと旅した。

同年十二月十二日ナポリからカプリへ。


ヨナは私が肥ったと言いますが、本当に体調はよく、イタリアに来て充分休養をとっています。

バラとナーシサスが咲き、オレンジとレモンが枝々に実をつけ、ああ、何もかも心地よく、ここに一月か二月もいられたら。

……………

十二月二十六日　紅海にて

……海はそんなにひどくは荒れず、私もヨナもまあ、ちゃんとしていられました。

ほとんど毎日大きなバスタブで海水浴をし、一日の大方を甲板の椅子で実に実にのんびりと身を臥《よこた》え、根をつめて読んだり書いたりもせず、怠けて暮らします。仕事をすることもなく、全く何もせずにぼおっとしています。ああ、完全な休息、これこそが何よりのものなんです。

とは言え訪ねる国の行く先々で梅子は旧知の人を訪ね、その友人からの紹介でまた新しい友人を得た。それらの人から人へと伝えられる梅子像は少なくとも当時のアメリカ東部の社交界では相当に強烈なものだったらしく、発展する女子英学塾を助けてフィラデルフィアのモリス夫人を中心とする委員会は、その後もひき続いて多額の寄付を集めた。またボストンの篤志家ウッズ夫妻からは四百人を収容する講堂（ヘンリー・ウッズ・ホール）を建てるほどの寄贈があった。

アデリン宛の手紙の中には「今日、シカゴから来た旅人が、英学塾に五百ドル寄付してくれました」といった文面もある。明治末期の五百ドルは個人の寄付としてはかなりの額である。

日本より一足先に大工業主義的な生き方で世界中の富を集めていた当時のアメリカ東部の金持ちが、東洋の女性の未来のために、いくばくかのものを贈ったのなら、百年後の現代、世界の富を集めている日本の誰かが、世界のどこかの国に、たとえばアフリカの梅子や東南アジアの梅子の夢に何か贈っていないとも限らない。

地上の人間の集めた富が、そのようにめぐりめぐって新しい力を生むなら、それは生命の正常な在り方ではないか。

日本ではたくさんの弟子にとり囲まれるのを愉しんではいたが、あまりに忙しく、旅に出たときだけやっと自分の時間を持って梅子はほっとしている。そして国を超えて異国の人びとと語り合い、その眼は十七歳で帰国したときの少女の眼の輝きと活気をとり戻している。恐らく一八八二年の女性の未来を築くという青春の使命感に溢れた気負いこそが彼女の生涯を支えたエネルギーだった。

梅子は終生、人間に何よりも関心を持ち続け、晩年に至るまで訪問客の全くない日はないといってよいほどだった。アデリン宛の手紙によれば、教室での授業はべつとして、日に数人から十人の人に会わない日はなかった。

さて今では読者にも古馴染みの友人のようになっているに違いないアデリン・ランマンは一九一四年、梅子が四十九歳のとき八十八歳で亡くなった。チャールズ・ランマンは一八九五年にすでに歿し、父、仙は一九〇八年に世を去り、母、初子も翌一九〇九年に亡くなっていた。実父母、養父母、共に亡い今、梅子には彼女の命といってもよい英学塾とその塾が育てた弟子たちがあった。

数十年間に亙って長い長い日記の如く書き送られたアデリン宛の手紙も当然のことながらアデリンの死と共に中断されている。梅子はこれらの手紙以外にも終生日記を書いていた模様だが、残されているものはそのごく一部である。だがこの書で初めて読者の眼に触れた私信は梅子の日記に近いものであると同時に時代の女性精神史とも言える。

梅子は一九一七年頃から糖尿病、高血圧による体の不調を訴え始め、その後脳溢血の発作が何度かあって、入退院を繰り返した。晩年の十年は病床にあり、気分のよいときは付き添われて散歩ぐらいはできたが、塾の実務からは身を引かざるを得なくなった。その静養の十年間を、梅子は過去の思い出と未来の夢に浸って初めて静穏に過ごしたように思われる。

アリス・ベーコンは一九一八年（大正七年）に逝き、大山捨松も続いて一九一九年に歿した。異国にあって、国内にあって、けれど、この同じ地上の同時代に生きる女性として、女性の未来を夢みて梅子の私塾を支援してくれた同志ともいうべき人たちであった。逝った者たちの夢は実りつつあり、代わりに梅子の周りには若い芽が育っていた。

一九二二年には現在の津田塾大学の小平校地購入の運びとなっていたが、翌一九二三年（大正十二年）には関東大震災で五番町の塾は全焼した。その報せを病床で聞いた梅子はさしてとり乱さなかったと伝えられている。目に見える形あるものは焼失しても、生きている人間の中に培われているものは焼失しないという信念は、その昔、開校の挨拶に、教育は立派な校舎で育つものではなく、個人的接触による師弟の人格の与え合うものから育つものだと述べたときからのものだった。

梅子のもう一人の長年の同志、アンナ・ハーツホンは震災で全焼した塾復興の資金調達のため、アメリカに帰国した。六十三歳のアンナ・ハーツホンは梅子に代わってニューヨークを中心に寄付を集め、三年間に五十万円を集め、ひとまず帰朝した。募金はその後も続けられ、一九二八年（昭和三年）、その金額が百三十余万円に達したとき小平の新校舎建設が具体化した。

梅子はこうした塾の姿を静かに眺めて、信頼できる後継者に囲まれた平和な毎日を過ごした。教え子たちは、ひきもきらず梅子の病床を訪れた。その子らを眺め、梅子は心の中に何を去来させていたか。

梅子は病床の晩年を、読書と編みもので暮らし、編み上げた作品を周囲の親しい者たちに贈った。信じられないほどの超人的なエネルギーに満ちあふれ、とびまわっていた活動的な梅子が籐椅子に腰をおろして編みものとは、と奇異に思う人がいるかもしれないが、なぜかわたしにはその姿がリアルすぎるほどリアルに、それ以外のどのような姿もふさわしくないと思える。

編みものというと人は老女の手なぐさみと簡単に片づけるようだが、これは指先を動かすことで躰全体の血液の循環をよくするらしく、散歩に似た効用があるのを、つい最近、わたし自身体験的に発見した。恐らく梅子はそうしながら、自分の過去と未来を往来し、さながら散歩をする哲人や数学者が歩きながらはっと気づき、思わぬ展開と転回のきっかけを見出すような愉しみに浸っていたのではあるまいかと思える。

その昔、一目一目を丹念に編み上げるこの手芸をわたしはばからしいと思っていたものだが、それは歩きながら考えることに思いの至らなかった浅はかさだったと最近知った。

編みものといえば、梅子は帰国したばかりの少女の頃からよく毛糸や編み棒をアデリンに送って貰い、当時まだ珍しかったアフガンの膝掛けなどを伯母や友人や知人に贈っている。

恐らく彼女はそれらの手順をそらで覚えていて、針を動かしながらはるばると来し方の道の景色を去来させていたのだ。

捨松亡きあとの昔日の僚友瓜生（永井）繁子もはかなくなった。一九二九年八月十六日の夕暮れ、梅子は何度目かの脳出血で逝った。その日付けにただ一行、

金曜日　十六日　ゆうべは嵐。（Storm last night.）

とあるのが妙に心を打つ。亡くなったその日のこの一行の日記を山崎孝子もまた『津田梅子』の冒頭に引用している。短いメモに近い、英文の病床の日記は、静かに奏でられている楽器の絃が、ふと、ぷつんと切れたようにそこで断たれている。生というもの

が決して絶えることはないと思える、終わり方である。満六十四歳八カ月であった。

津田梅子の伝記としては、吉川利一の『津田梅子伝』と山崎孝子の『津田梅子』の二冊がある。

わたしにとってこのお二人は塾時代の師とも言える人で、面識がある。吉川先生は幹事として、三十六年間塾に勤続され、晩年病気静養中の梅子のもとに週一度通い『津田梅子』（後、昭和三十一年、『津田梅子伝』として改訂版が津田塾同窓会から出版された）を書き綴り、その原稿には梅子も目を通し、歿後、翌一九三〇年（昭和五年）婦女新聞社から発行された。

吉川利一の『津田梅子伝』には吉川の梅子に対する私淑、憧憬がこめられていて、眼前に生きている梅子が迫ってくる気配が強く、口述による自伝的要素が強い。

山崎先生はわたしが塾在学当時、国語の教鞭をとっておられたが、塾から九州大学国文科に学んだ方で、その著『津田梅子』は人物叢書として吉川弘文館から一九六二年（昭和三十七年）に初版が刊行され、その後版が重ねられている。

山崎孝子はこの書の前に『津田塾六十年史』（一九六〇年津田塾大学発行）編集執筆の任に当たった。山崎孝子の『津田梅子』は、塾に学び塾に教鞭をとった著者の、距離を置いた眼がまたべつの角度から梅子像を浮かび上がらせている。山崎孝子は熱心なキリスト教徒で、キリスト者梅子にまつわる考察に思い入れが深く、読者を頷かせる。

山崎はそのまえがきに、聖書マタイ伝十六章二十五節の「己が生命《いのち》を救はんと思ふ者は、これを失ひ、我がために己が生命をうしなふ者は之を得べし」のことばを引いて梅子を偲んでいる。

わたしがこの「津田梅子」を書くに至った経緯は冒頭に述べたように、数年前（一九八四年）、津田塾大学の物置で発見されたアデリン・ランマン宛の三十年に亙る数百通の大量の私信がきっかけだった。

梅子十七歳の年から壮年期にかけての私信は、梅子を公的な歴史上の人物から血の通った一人の女性として屹立させ、その脈打つものを現代の世に生きる人たちに伝えることができるのではないかというのがわたしの願いだった。

それ故この書は学術的な研究書とは言い難く、文学の道にある大庭みな子が人間探求の中で築いた梅子像である、と理解していただきたい。従ってその都度照応した梅子の手紙以外の資料、出典については読者の読みやすいように文中に記すにとどめた。一番力を注いだのは、英語で書かれた梅子の文章の魅力と、その文章から浮かぶ梅子像を、いかにして読者に伝えるかということだった。塾に学んだ者として、後世への中継ぎとして、この書が後進の人たちに、わたしたちの母たちと祖母たちの生きた時代と彼女たちの先駆者として、より開かれた女性の生き方を夢みた津田梅子の姿を甦らせるものとして役立てばと思っている。

「月刊Ａｓａｈｉ」創刊と共に始まった「津田梅子」の連載当時、編集部で担当して下さった大上朝美さんには調べものに協力していただき、その都度細部に目を通した彼女の適切な助言と批評でわたしは元気づけられた。また大上さんを背後からバックアップして援助を惜しまれなかった角倉二朗氏、重金敦之氏に心から御礼を申し上げる。

連載中、三井永一氏の挿画は、ゆき届いた時代考証で梅子とその周辺を視覚的に浮かび上がらせ、梅子にまつわる話を聞かせて下さった方々の声と重なり、私の想像力を広げる大きな力となった。

三十年に亙る厖大な量の散乱した梅子の肉筆の手紙をタイプとワープロに起こし、整理の任に当たった津田塾関係の皆さま方の苦労は並大抵のものではなかったと思う。

その起こされた気の遠くなるほどの量の英文の手紙の下読みを夫婦喧嘩を交えながらともかくも丹念に全うしてくれたのは、夫、利雄であり、この負債のゆえにわたしは使って使われる者の滑稽な悲哀を味わっている。

わずか一書のためにさえ、かくも多くの人びとの力が、連なり合う縁で求められるのであるから、梅子を助けた多くの人びとの力を、読者よ、どうぞ想像して下さい。

わたしは今、梅子と共に数十年を生きたような気分になっている。似通った年頃であるのか、わたしもまた非常に疲れて、梅子が訴えたのと同じような体の不調に悩まされている。

それ故、この辺りで筆を擱《お》いたほうがよかろう。目を上げると、窓の外の梅の枝にふくらんだ蕾《つぼみ》が見える。

梅子が生まれたとき、父、仙は赤子が男子でなかったのを失望して家をとび出し、その日は家に帰らなかったという。七日を過ぎても赤子は名をつけられなかったため、母、初子は枕元の盆栽の梅がほころんでいるのを見て、むめ（梅）と名づけた、と伝えられている。

梅子に因む木として、小平の塾のキャンパスには梅林があった。お正月の休暇を終えて帰寮する頃、梅林の枝には蕾がふくらんでいた。

月夜の梅の花びらに宿った露の光に濡れて、梅の精に変身したように冷たい早春の夜の梅林を彷徨して未来を語り合った寮友との青春のひとときが甦る。

残された紙数も少なくなり、わたしは在学中に聞いた塾の風景を伝える太平洋戦争前後の話を読者に紹介してこの書を終わりたいと思う。

わたしの入学当時、学長は星野あい先生だった。星野あいは津田梅子から直接薫陶を受けた第四回の塾卒業生で、女子英学塾から津田英学塾、津田塾専門学校を経て現在の津田塾大学への発展の道を見とどけ、小平移転、理科増設をなしとげた。

星野あいは塾卒業後、ブリンマーに学んだとき、生物学と化学を専攻している。ブリンマー入試の幾何の解答が秀れていて、数学を勉強することをすすめられたというが、その科学的な冷静な判断で学長として終戦前後の困難をのり切ったといえるだろう。一九四三年津田塾専門学校理科の増設は、津田塾大学数学科へとつながっている。

その津田塾理科の歴史を記録する会が編纂した『女性の自立と科学教育』と題する本がドメス出版から一九八七年に出版された。この本はそれより約十年前津田塾専門学校理科一回生が卒業三十年にあたり合同の同窓会を開いたとき、彼女たちの青春期が敗戦をはさんだ激動期であったのを塾の歴史と重ねて記録に残したいという願いから生まれたものだと言う。

その中に次のようなエピソードがある。

「当時、日本国中どこの学校にも天皇、皇后両陛下の御真影が安置されていたことを、小学校就学年齢以上であった人びとは思い出すであろう。その場所は校長室であったり、奉安殿とよばれる特別の建物であった。生徒たちはその前を礼なしに通ることを許されなかった。

星野塾長の片うでとなり、つねにその近くにいた藤田たきはつぎのように語っている。

戦時中、文部省は再三再四御真影を安置するようにと通達してきた。〈御真影を粗末にあつかえない。適当な場所がない〉と答えると、学校を見にきた係官は、塾長室を御真影の安置所にするよう命令した。そのときあいは〈塾長室の上には教室がある。御真影の上を生徒が歩きまわるのでは不敬にあたるからそれはできない〉と断った。業をにやした当局は、それでは校庭の一隅に奉安殿を建て、安置するようにといってきた。そのうちに敗戦となり、ついに津田塾に御真影を安置することは実現しなかった」(『女性の自立と科学教育』)

また、星野あいの「小伝」には次のような話が伝えられている。わたしも在学当時、ついこの間の事件として上級生たちから聞いていた話である。

「塾で学校工場を始めたのは一九四四年(昭和十九年)三月からのことでした。……できるだけ安全度の高い場所で、できれば作業の合間に勉強もさせたいと考えますと、学内に工場を作るのが最上ということになりました。最初は至って楽な軽作業だったのですが、一九四四年の秋に米軍の本土空襲が始まり、親工場が機械の疎開を始めてからというものは、塾の女子学生も男子工員並みの旋盤工になり、三交替制、昼夜兼行の作業となりました。

……ここへまたまた難題がふりかかってきたのです。それは五月初めに軍隊が校舎に移転して来たことでした。寮舎一つと校舎のほとんどを貸与しましたので、あとに残ったのは東寮と事務室、教職員室、塾長室だけという狭さでした。寮生全部が一つの寮に移ったのですから、寮は超満員となり、教室はすべて軍の使用に委ねられました。それでも工場作業の暇を縫っては梅林や、教師館その他ではほそぼそながら授業を継続しました。あの看板事件が起こったのは軍が移転してきた直後のことでした。

看板事件と申しますのは学内に移り住んだ軍の門標を、学生が深夜ひそかにとりはずし、傍の川に流してしまった事件でした。軍が移転直後、正門の向かって右側に掲げてあった学校の標札をとりはずし、軍の門標を正門の左右に麗々しく掲げたのがことの発端でした。学校の標札をはずされたことに憤慨した四名の学生が秘密裡にことを進めたのでした。その翌朝来、たいへんな騒ぎになったことは申すまでもありません。わたしどもも最初はそんなばかなことがという程度の軽い気持ちでいたのですが、軍の騒ぎの並々ならぬのをみて、これは容易ならぬ事態が生じたとおどろきあわてた次第でした。軍はどうしても犯人を調べ上げるようにと迫りました。わたしは全学生を集め、決して悪いようには計らわない、わたしが全責任を負うから、事を起こした人は申し出てほしいと訴えました。四人は絶対に他言しないと固く決意していたらしくなかなか申し出てくれません。軍はどうしてもわからないのなら、自分たちの手で調べ上げ軍法会議にかけるといきまく始末です。心痛の日が続きましたが、やっと三日目、四人は自分たちのしたことであると申し出てまいりました。決心するまではかなり思い悩んだらしいのですが、自分たちの愛校心の故にしたことのために学校がつぶされるような結果になっては申しわけないと考えるに至ったからでした。

……わたしは再び軍に出かけ、ことばをつくして陳謝しますと同時に、もともとの起こりは軍の門標が正門の両側に掲げられたことにあるのだから、それを片側だけにして、学校の標札を残してほしいと申し出ました。一九四五年五月と申しますと、もう日本軍の敗色は明らかで、軍も少々気が弱くなっていたためでしょうか、わたしの言い分は軍の上司の方にはよくわかってもらえました。四人はただわたし宛に始末書を書くだけのことですみ、名前を軍に告げる必要もありませんでした。一時はどうなることかと胸を痛めたものですが、この程度のことですんだのは望外の幸いでした。

……八月ともなりますとぼつぼつ終戦のうわさが伝わってまいりました。ついにポツダム宣言受諾に至った八月十五日には、東寮の食堂に一同が集まり、詔勅の放送を聞きました。もちろん学生の多くは泣きました。わたしはいままで戦争で思うように勉強できなかったから、きょうから三日間、疲れをとるために休業して、それからはうんと勉強しましょうと言い聞かせました。ところがその翌日、前田文部大臣から呼び出しがまいりました。やがて米軍の進駐が開始されること、女子学生は親もとへ帰したほうが安全であるから学校は閉鎖すること、学業の再開はいまのところ不明であること、という話でした。十八日は講堂に学生を集め、必ず呼び返すからと悲しんでいる学生を慰め、一応終業式を挙げ、学校は閉鎖といたしました。学業再開となったのは十月一日のことです。

……………

付近に進駐してきた米軍の兵士は、その当座は毎日のように塾にも入ってまいりました。大したこともなかったのですが、塾長室の小箱をそっと持って行かれたり、ひげぼうぼうの兵士が横の小川で水浴しているのを見かけたり、やはり薄気味の悪いものでした。ある日のこと、昼の食事をしているところへ本間さんが駈けつけてくるではありませんか。米軍兵士が学内に入りこんで、いろんなものをトラックに積み込んでいるところだというのです。わたしは一人でその場に馳せつけました。折から兵士たちは体育館でバスケットボールの器具をはずそうとしているところでした。そのほかにトラックには机、椅子、医療器具、薬品などが積みこまれていました。わたしは将校らしき人物のところへ近づいて行き、学校の由来を話し、やがて学生が帰ってくるとき、机や椅子がなければどんなに悲しむかわからないと訴えてみました。彼は悠然とした態度でわたしのいうことを聞いてくれ、やがて兵士たちに向かって、“Boys, I think you had better take them down”（まあ、返したほうがよい）と別に命令するでもなく穏やかな口調で語りかけました。それを聞いた兵士たちはいやいやながらも積み上げたものを再びおろして立ち去りました。その翌日から校門には Off Limits（立入り禁止）の標札が立てられ、もうそのあとは一人もまいりませんでした。考えてみれば米軍の兵士たちも机や椅子もろくに備わっていないような侘しい宿舎をあてがわれ、わたしどもの学校の備品がほしかったのではなかろうかと思います。名前は失念しましたが、その将校らしき人はハイスクールの絵の先生であったと記憶しております」

星野あいの「小伝」には、梅子からひき継いだ塾のその後の歩みが、眠っている梅子の息の続きのように語られている。「小伝」の終わりに挙げられている歌の中から一首を選び、在りし日の星野あい先生の面影に重ねて、これよりなおもめぐり生まれ出ずるものへの祈りとする。

夫《つま》も子もなき身なれどもわれたのし教え子あまた身近にめぐる

巻末エッセイ

二つの世界の人

鶴見俊輔

大庭みな子に『二百年』という小説がある。

主人公が人生のなかばをすぎて、前と後とを見わたすと、父母、祖父母の来し方、自分たち夫妻の子供と孫の行く末、あわせて二百年ほどの年月が一望のもとにある。その想像力の地平をカンヴァスとして、主人公の家族のありかたをえがいた小説である。

そういう時間の感覚が、中年をこえて著者のなかにそだちはじめたころ、大庭みな子は、母校の創立者津田梅子の伝記を書く機会にめぐまれた。

一九八六年の夏、大庭みな子が五十五歳の時、朝日新聞社の河津小苗が彼女を訪れて、津田梅子について書くことを求めた。その二年ほど前の一九八四年に、津田梅子からアデリン・ランマンにあてた三十年にわたる手紙が津田塾大学本館のタワーで発見された。その手紙をもとに、津田梅子の世界を書いてもらえないかという頼みだった。

私の知るかぎり、大庭みな子にはそれまでに伝記の著作はない。新資料をもとにして新しい仕事をすることに、意欲がうごいたようだ。そのころ、やがて『二百年』(「婦人之友」一九九二年一月号~九三年二月号)を構想するいとぐちとなる長大な時間の感覚があらわれていたこととあいまって、この伝記はうまれた。やがて一九八九年から一九九〇年にかけて『月刊Asahi』に連載される『津田梅子』は、大庭みな子の著作の中で、ひとつの転機としての位置を占める。

津田梅子のように大きな仕事をなしとげた人については、その人がはじめから偉かったように書くのが、日本の伝記作家の礼儀である。まして、津田塾大学のような、彼女のつくった事業が今も残っている場合、後継者は創立者を理想化して語りつたえたいと思い、伝記作者にそのように依頼する。私がこどもの時から読むことのできたいくつかの津田梅子伝は、すべて彼女を、真面目な努力家としてえがいたもので、その見方がまちがっているとは言えないのだが、そのために私の中の津田梅子は、明治以来の何人もの偉い人の中のひとりというふうに格別の個性の持主としてではなく記憶にのこってきた。だが、新資料をもとに書かれた、大庭みな子の津田梅子伝は、私の思いこみをやぶった。

ここには、三十年間、自分の心中をうちあける手紙をひとりのアメリカ人にだけ書きつづけた日本人がいる。この人は、日本に住みながら、生涯、二つの世界に生きた。アメリカに戻りたいと思いつつ、心ならずも亡命者として日本に生きつづけたのではなく、日本に住むことを、自分にあたえられた良い機会と思い、しかも、彼女が遠慮なく自分の心をかきつたえる言語は英語であり、つたえる相手はアメリカ人だった。この二重の内面生活をもつ人が、日本の女子教育の開拓者として生き、もっともすぐれた女子大学として今日残っている学校を創立したのである。

六歳でアメリカにわたった津田梅子は、十七歳の娘として日本にかえってきた。その感情の動きをつたえる手紙。

一八八二年十一月十九日　日曜日

もうあと一日です。到着は目の前です。私の肉親――家族はいったいどんな人たちなのかしら。（略）

ああ、母国の言葉がしゃべれさえしたら、日本語に不安がなければ、もっとずっと落ちついていられるでしょうに。（略）興奮のあまりビートみたいに真っ赤になっている私の顔をご想像下さい。

手紙のあて先となったアデリン・ランマンは、かつて七歳の梅子をあずかった時にはすでに四十五歳で、両者の間には三十八年の年のちがいがある。その二人のあいだに、友人としての親しさがそだったのは、当時の日本のつきあいから見ても、今日の日本のつきあいから見ても不思議に感じられるが、アメリカ人のあいだには、当時も今も、友人としてつきあう場合の対等性があり、それがアデリンと梅子の間に、十一年の歳月をとおしてつちかわれた。それは、両者がアメリカと日本とにへだてられてからも、つづいた。

……あなたが、私の手紙を、ごく限られた人にしか見せないと伺って安心しました。私はあなた方ご夫妻に書いているのですから、お二人の間だけのことにして下さい。私の手紙を日本人に見せることだけはしないで下さい。私の日本に対する批判を滑稽なばかげたことだと思い、気を悪くするかもしれません。

だが彼女をアメリカかぶれと呼ぶのはあたらない。日本でどんな困難があろうと、自分にとっては今のところ楽な方法であるにしても、アメリカに逃げ帰るような卑怯な真似はしない、と彼女は自分の決意をつたえる。

私は臆病な脱走者には絶対にならない。自分は日本を離れては満足することも喜びもない。永久にアメリカに住みたいと自分が思っているのではないかなどという心配は無用である。いつかはアメリカを訪れるけれど（それは実現した）、それはただ訪れるだけであり、日本で世界を広く見た今では、きっとアメリカの女性たちの軽薄さ、うわついたスキャンダルにいらいらし、がっかりするでしょう。

それが十八歳当時の彼女の心のおきどころであった。「日本で世界を広く見た今では」——この言いまわしは、彼女の精神史を正直につたえる。六歳で日本をはなれ、その後の教育をアメリカで受けた彼女にとっては、アメリカをはなれて日本でくらすことが、世界を見るという体験だった。アメリカは視座であり、それによって見られた日本は世界である。どうして、今、世界を見ることからはなれることができよう。それでは、知性の立場から言って、卑怯者になってしまう。

もうひとつ、貧しい日本が、明治初頭の国費の一部（それは当時の日本の国家予算にとって大きなものだった）をさいて、五人の女性をアメリカにおくったということに対して、国におかえしをすべきだという義務感である。

何によって、恩をかえすことができるか。これについて日本政府は、何の指示もしなかった。

彼女たちをアメリカに送って教育することは薩摩の有力者・北海道開拓使黒田清隆の個人的な思いつきであり、それをうけついでいかす政策を、十年後の明治政府はもっていなかった。それをよいことにして徒食することは許されないと津田梅子は感じ、女子教育によって自分の道をきりひらこうとした。留学での仲間だった大山捨松と永井繁子は、彼女の冒険を助けた。この二人の重臣夫人の助けを得て、大正から昭和に入って、彼女のつくった津田英学塾は、しっかりした基礎をもつようになった。だが、このころになると、明治の重臣夫人だった友人たちは、もはや新時代の中心にいることはなく、時代は徐々に別の方向にむかいつつあった。日本にそだちつつあった世界の五大国、いや三大国の一つとしての思いあがり、その感触を彼女はもっていたものと思われるが、彼女の孤立を打ちあける相手のアデリンは今はいない。小説として、著者はえがくことができたかもしれないが、伝記の制約の中にあっては、そこにふみこむことはできなかった。

ああ、まず、言葉を覚えなければならないのに！

と彼女の望んだ日本語の学習に、彼女は生涯かけてとりくんだ。

女子英学塾第五回卒業生岡村品子は、一九八二年五月、満百歳になる前に、津田梅子の思い出を語った。

先生はユーモラスで、大きないい声でね、ハハハーって大笑いなさる。先生はね、出来るだけ日本語を自分で自習しなければならないっていう考えをもっていらした。

土曜日のお夕飯はね、生徒と一緒にね、必ず、そのお食後にね、何かお話を教えて下さるの、その時は英語で。それが済んだら、日本語に変わってね、お茶でも飲んで、ハハハーってお笑いになるの。

生涯つづけた学習にもかかわらず、その日本語の力は、どれほどついたか。私はうたがいをもつ。

日本にかえってきたころ、津田梅子はひざを折って正座することが苦しかった。洋装しスカートの下でひざをくずしてかくしていたが、すわりかたのほうは、なんとか身につけたようである。しばらくしてから、和服を着ることが主になって、正座もできるようになったらしい。しかし日本語のほうは、どれほどの表現力に達したか。彼女にまとまった日本語の著書がないことが、その不足を示しているように思われる。彼女は、その生涯の終りまで、英語世界を内面にもって、一個のコスモポリタン—ナショナリストとして、日本にくらした人ではなかったか。

一八六四年十二月三十一日にうまれた津田梅子は、一九二九年八月十六日、六十四歳でなくなった。最後の日付の日記には、

Storm last night.

と記してあった。

梅子の父、津田仙は、佐倉藩士小島善右衛門の四男にうまれ、田安藩の沖田氏の養嗣子となる。蘭学塾に入り、後に英学をおさめ、幕府の蕃書取調方となり、杉田玄瑞、沖田真道、西周とともに翻訳通弁のことにしたがった。江戸時代の終り近く、五代友厚の通訳としてアメリカにゆき、日本の農業を改良することを志し、明治に入ってからは農学者としてさまざまの工夫をこらした。もともと幕府の開明派に属する人であり、幕府の瓦解によってその志をとげられなかったところを六歳の次女梅子に託した。梅子もまた実学者としての素質をうけていたらしく、二度目の渡米の時にはブリンマー女子大学で生物学を専攻し、後にノーベル賞を受けたモーガン教授の指導の下に、教授と共同署名でカエルの卵についての論文を一八九四年、英国の「マイクロスコピカル・サイエンス」に寄稿した。梅子が米国にのこって科学者としてひとりだちする力をもっていたことがわかる。

しかし彼女は日本にもどり、民間の私塾をおこした。それはやがて女性記者波多野秋子、神近市子を出すほどの大きな巾をもつ流れをつくった。軍国時代には、陸軍の施設が同居することとなり、陸軍が学校の門標をとりはずしたことに抗議して軍の門標を学生が川に流すという事件を起し、校長星野あいは学生の名を出すことなく軍にあやまったという。そういう気骨のある学生と学長とを戦時下の一九四五年五月に津田塾はかかえていた。学生の名前を出さずに軍との交渉を終えた校長の姿に、初代校長以来の気風がうけつがれている。それらの出来事があざやかに語りつたえられている時代に大庭みな子は、この学校の生徒だった。

（つるみ　しゅんすけ／評論家）

解説

「言葉の命」を教えた人

髙橋裕子

本書の初版が出版されてから十年後の二〇〇〇年、津田塾大学は創立一〇〇周年を迎えた。それを記念して、当時の津田塾同窓会が企画したドキュメンタリーフィルム「夢は時をこえて－津田梅子が紡いだ絆」（藤原智子脚本・監督）の終盤で、大庭みな子が本書の紹介に続いてインタビューに答えている。その四年前の一九九六年に、脳梗塞を患ったため車椅子に座りリハビリ中であったのだが、端正な着物姿の大庭みな子は時折涙声になりながら次のように述べている。

「アメリカで長く暮らしました時にね、アメリカに限らずまあ、世界中に我々塾の卒業生たくさん、どこにでも居るんですけど、そういう人たちに会って……それで、お世話になった時なんかに、『あー、私はああいうとこで学んで、やっぱり得たものは大きかったな』と思いました。それで、それをその、お手紙をね、見ました時にね、『あっ、津田先生は文才のある人なんだ』と思って、すごく感心しました。

やっぱり言葉で生きています、私たちは。それで、やっぱし命が長い、言葉は。あの、やっぱり梅子先生が、あれほど、力を込めて教えて下さったことは、やっぱり言葉の命だと思いますので、言葉というものの奥にあるもの、人間の命みたいなものですから、そのことを考えて下さったら、あの、梅子先生も本望だと思います」（『夢は時をこえて－津田梅子が紡いだ絆』映画シナリオ対訳作成プロジェクト、津田塾大学、二〇〇三年、一四二頁）

大庭は本書の中においても幾度か「言語の奥にあるもの」という表現を使って、津田塾大学での自身の学生生活（一九四九年～五三年）と重ね合わせながら、津田梅子の生涯を辿り、梅子の想念、そして彼女が目指した高等教育の有り様を明らかにした。一九八四年に発見された、津田梅子がアメリカの育てのホストマザー、ホストファーザーに宛てた四〇〇通以上の書簡を「翻案」しながら、大庭は「言語の奥にあるもの」を探りあてつつ、梅子が全身全霊で取り組んだ女子英学塾（津田塾大学の前身）創設の背景をつまびらかにしたのである。

一九〇〇年に津田梅子は「女子に専門教育を与える最初の学校」として、たった十人の学生を迎えて女子英学塾を創設した。大学に入学することが許されていなかった女性に、津田梅子自身の教育理念に沿った専門教育を与え、高等女学校の英語教員として経済的に自立できる女性の育成を目指す、私立の高等教育機関として本学は出発した。

卒業生の中には、傑出した業績を残した女性たちの〈長い列〉がある。大庭が第十章「芽生え」で挙げている通り、労働省婦人少年局長に就任した山川菊栄（初代局長）、藤田たき、森山眞弓、赤松良子、また、文化人類学者の中根千枝（東京大学で女性初の教授）、井川史子（カナダ・マギル大学元副学長）など国内外で活躍したパイオニアが連なっている。森山は現時点において歴代女性ただ一人の内閣官房長官。赤松は男女雇用機会均等法制定時に婦人局長を務めた。

津田梅子が歴史的人物として今日においても高く評価されるのは、女性のための高等教育機関の草分けであるということだけではないだろう。その私塾から輩出された卒業生たちが成し遂げてきたことが、津田梅子をいわば歴史的人物に押し上げてきたとも言える。

これら輝かしい卒業生の連なりは、女子英学塾創立から一二〇年も継続するような私塾としての基盤を、創立者津田梅子が盤石につくっていた先見の明《ビジョナリー》と行動力にも負っている。本書の第八章「連なるもの」に焦点を合わせて解説を加えておこう。

華族女学校に勤務していた梅子は二十代の半ば、「第一級の教師」になるべく再度の留学を切望した。一度目の留学中に知り合っていたメアリ・モリスがブリンマー大学長に掛け合ってくれたおかげで、授業料と寮費の免除という待遇で梅子は二度目のアメリカ留学を実現した。当時、日本では女性に推奨されていなかった理系分野の生物学を、後にノーベル生理学・医学賞を受賞したT・H・モーガンのもとで学んだ。

二年間の充実した留学生活を経験した梅子は、一年間の延長を願い出た。主な目的は奨学金制度をつくることだった。自らが得た貴重な高等教育の機会を同胞の日本女性たちと分かち合いたいと考えたからだ。八〇〇〇ドルを集めれば、その利子で四年に一人の留学生を日本からブリンマー大学に派遣できる。梅子の留学に力を添えたモリスやメンターのM・ケアリ・トマス学部長は、親身になってファンドレイジングを支援した。一年間で当初の目標を達成し、「日本婦人米国奨学金（American Scholarship for Japanese Women）」と呼ばれた奨学金制度創設に漕ぎ着けた。

本奨学金による留学生リストを見ると、その後、卓越したリーダーシップを発揮した女性ばかりだ。最初の学生は松田道。一八九九年にブリンマー大学を卒業し、のちに同志社女子専門学校の校長となる。二人目は一九〇四年に同大を卒業した河井道。恵泉女学園を設立し、日本人初のYWCA総幹事となった。四人目の星野あいは一九一二年に同大を卒業。帰国後は母校である女子英学塾の教師となり、一九二五年から塾長代理を務め、関東大震災後の塾の復興を支えた。そして、梅子が死去した一九二九年には第二代の塾長に就任し、いわば津田梅子の後継者として重責を担った。本書でも紹介された「看板事件」を乗り切った星野は、英語が敵性語となった太平洋戦争中、志願者減で危機的な財政状況下の塾を支え、戦後、新制大学となった津田塾大学の基盤を整え、学長を一九五二年まで務めた。星野が中興の祖と言われる所以《ゆえん》だ。一九六二年から七三年まで学長を務めた藤田たきは、本奨学金七番目の受給者だ。ブリンマー大学を一九二五年に卒業し、第二代の労働省婦人少年局長や国連日本政府代表としても活躍した。

河井道と星野あいは、占領期にGHQの肝いりで設けられた教育刷新委員会の委員にもなった。三十八名中女性はこの二人だけ。日米関係が悪化した時代を乗り越え、本奨学金設立から半世紀以上を経て、アメリカ人と対等に交渉するリーダーとなったのである。

「日本婦人米国奨学金」は一九七六年まで継続し、二五名の奨学生を送り出した。一八九一年からの一年間に梅子が展開したファンドレイジングの成果によって、貴重な機会を得ていた多数の女性リーダーが、関東大震災や太平洋戦争という未曽有《みぞう》の危機に立ち向かい、小さな私塾を継承し、発展させた。梅子が一九〇〇年に華族女学校を辞し、女子英学塾の創設に踏み切れたのも、この奨学金制度を設立した成功体験に負っている。梅同じメンバーが寄付母体となって、梅子の私塾創立のプロジェクトを支えたからだ。梅子は学校を創るおよそ十年前に、留学制度による人づくりに着手していたのである。

日本では大学の門戸が女性に閉ざされていた時代、アメリカ女性たちに働きかけて支援を獲得し、日本女性が米国で先端的な大学教育を受けられるようにするという、グローバルな仕組みをつくった津田梅子。自らが得た機会を〈点〉で終わらせることなく、長く続く〈線〉にしようと試みた。このような影響を受けたのであろう。筆者も含め津田塾歴代塾長・学長十一名のうち、十名までが女性である。この女性学長割合の高さは、日本の大学ではきわめて稀有な事例と言える。津田塾大学では、自身が得た経験や機会を次世代に繋ぐ精神を、今も〈津田スピリット〉と呼んでいる。

二〇二〇年が近づいてきたが、日本女性の社会参画は世界の動きに圧倒的に遅れを取っている。二〇一八年版グローバル・ジェンダーギャップ指数が一四九ヶ国中一一〇位の日本社会が世界に伍していくには、独創的な女性リーダー育成を展開していかなければならない。江戸時代末期に誕生した津田梅子の気概から、そして、津田梅子が「力を込めて教え」た「言葉の命」から、二十一世紀になった今も我々が学ぶことは多い。

（たかはし　ゆうこ／津田塾大学学長）

（女性リーダーの育成と「日本婦人米国奨学金」については、初出の拙稿「女性リーダーの育成と津田梅子」『ＩＤＥ 現代の高等教育』二〇一八年十月号巻頭言に加筆・修正を加えて転載）

本文校訂について

1、原則として、原文を尊重した。ただし、明らかな誤表現は、著作権者の承諾を得て訂正あるいは削除した。
2、送り仮名は、二〇一〇年の内閣告示に基づく「送り仮名の付け方」に拠らず、作者の表記法を尊重して、みだりに送らない。
3、常用漢字以外の漢字については、極力、偏、旁ともに略字体ではない新字体を使用した。
4、振り仮名については、編集部の判断で適宜、加筆ないし削除した。

津田梅子《つだうめこ》

朝日文庫

2019年7月30日　第1刷発行

著　者　大庭《おおば》みな子《こ》

発行者　三宮博信

発行所　朝日新聞出版

〒104-8011　東京都中央区築地5-3-2

電話　03-5541-8832（編集）

03-5540-7793（販売）

印刷製本　大日本印刷株式会社

Published in Japan by Asahi Shimbun Publications Inc.

定価はカバーに表示してあります

ISBN978-4-02-261982-2

落丁・乱丁の場合は弊社業務部（電話 03-5540-7800）へご連絡ください。

送料弊社負担にてお取り替えいたします。

森 光子
吉原花魁《おいらん》日記
光明に芽ぐむ日
親の借金のため吉原に売られた少女が綴った、壮絶な記録。大正一五年に柳原白蓮の序文で刊行され波紋を呼んだ、告発の書。《解説・斎藤美奈子》

森 光子
春駒日記
吉原花魁《おいらん》の日々
一九歳で吉原に売られた光子。「恥しさ、賤しさ、浅ましさの私の生活そのまま」を綴った衝撃の書、約八〇年ぶりの復刻。《解説・紀田順一郎》

内澤 旬子
捨てる女
乳癌治療の果て変わってしまった趣味嗜好。古本から、ついには配偶者まで。人生で溜め込んだすべてのものを切り捨てまくる！《解説・酒井順子》

内澤 旬子
身体《からだ》のいいなり
《講談社エッセイ賞受賞作》
乳癌発覚後、なぜか健やかになっていく——。フシギな闘病体験を『世界屠畜紀行』の著者が綴る。《巻末対談・島村菜津》

早瀬 利之
リタの鐘が鳴る
竹鶴政孝を支えたスコットランド女性の生涯
本格ウイスキー造りを目指した竹鶴政孝は苦労の連続だったが、リタは折れそうになる夫を励まし続けた。一人の女性の一〇〇％ピュアな純愛物語。

心屋 仁之助
愛されて幸せになりたいあなたへ
大人気の心理カウンセラーが贈る生き方のヒント。恋愛、仕事、人間関係が読むだけでラクになる一冊。悩める女性たち、必読！

朝日文庫編集部編
ハローキティのニーチェ
強く生きるために大切なこと
「どう生きていけばよいのか」という問いに向き合った哲学者・ニーチェ。彼の考え方を知り、物事を前向きに捉えられる「生き方」を学ぼう！

朝日文庫編集部編
キキ&ララの『幸福論』
幸せになるための93ステップ
人は誰でも幸せになれる、ただ不幸だと思い込んでいるだけ。哲学者・アランの説いた実践的な考え方を知って、「幸せ」になる一歩を踏みだそう。

朝日文庫編集部編
マイメロディの『論語』
心豊かに生きるための言葉
人が一番大切にしなければならないのは「思いやり」の気持ちだと説く『論語』。そのエッセンスを学んで、日々の過ごし方を変えてみよう！

朝日文庫編集部編
ポムポムプリンの『パンセ』
信じる勇気が生まれる秘訣
人は幸せになる自由があるから、何をすればいいのか悩むことがある。一七世紀フランスの学者・パスカルの『パンセ』を読み解こう！

朝日文庫編集部編
けろけろけろっぴの『徒然草』
毎日を素敵に変える考え方
持ちすぎず、溜めこみすぎない。鎌倉時代末期、そんなシンプルな暮らしを実践した兼好法師。彼の言葉に触れて本当に大切なものを見極めよう。

朝日文庫編集部編
シナモロールの『エチカ』
感情に支配されないヒント
怒り、悲しみ、憎しみ。感情が大きく膨らむほど、それに支配されてしまう。感情が生まれる理由を知って、日々を気持ちよく過ごす術を身につけよう。

朝日文庫編集部編
バッドばつ丸の『君主論』
逆境でも運命を制する技術

予期せぬピンチや難しい人間関係はよくあること。バッドばつ丸と『君主論』を読み解いて、どんな局面でも乗り切れる柔軟さと強さを養おう。

朝日文庫編集部編
ぐでたまの『資本論』
お金と上手につきあう人生哲学

生きるには必要だからと、お金を稼ぐことに追われて、大切な人生を見失わないように。マルクスの『資本論』からお金と働くことの関係を学ぼう。

星野　博美
戸越銀座でつかまえて

四〇代、非婚。一人暮らしをやめて戻ったのは実家のある戸越銀座だった。〝旅する作家〟が旅せず綴る珠玉のエッセイ。《解説・平松洋子》

緒方　貞子
私の仕事
国連難民高等弁務官の10年と平和の構築

史上空前の二二〇〇万人の難民を救うため、筆者は難局にどう立ち向かったか。「自国第一主義」が世界に広がる今、必読の手記。《解説・石合　力》

落合　恵子
決定版　母に歌う子守唄
介護、そして見送ったあとに

七年の介護を経て母は逝った。襲ってくる後悔と空いた時間。大切な人を失った悲しみとどう向かい合うか。介護・見送りエッセイの決定版。

山崎　朋子
サンダカンまで
わたしの生きた道

『サンダカン八番娼館』著者の自伝。朝鮮人青年との恋、顔を切られる事件、結婚、出産、女性史の道へ。戦後民主主義を体現した波瀾の半生。